Das Geheimnis des Amuletts

FSC
www.fsc.org
MIX
Papier aus verantwortungsvollen Quellen
Paper from responsible sources
FSC® C105338

Der Standardvermerk der Deutschen Nationalbibliothek

Bibliografische Information der Deutschen Nationalbibliothek: Die Deutsche Nationalbibliothek verzeichnet diese Publikation in der Deutschen Nationalbibliografie; detaillierte bibliografische Daten sind im Internet über dnb.d-nb.de abrufbar.

Herstellung und Verlag: BoD – Books on Demand, Norderstedt

ISBN: 978-3-7562-2801-0

Für Larisa

Kapitel 1

Endlich! Ich schnappe mir meinen schweren Koffer und winke meiner Mutter zum Abschied zu. Als ich mich umdrehe, sehe ich gerade noch, wie der Rest meiner Klasse in den Bus einsteigt, der am Ende des Parkplatzes steht. Ich beschleunige meine Schritte und verfluche innerlich meine Mutter, dass sie immer so unpünktlich ist. Na gut, ein bisschen war es auch meine Schuld, da ich mich mal wieder nicht entscheiden konnte, was ich in meinen Koffer packen soll. Ich leide nämlich an einer akuten Entscheidungsphobie. Laut Google gibt es sogar einen lateinischen Fachbegriff dafür: *Decidophobie.* Jedenfalls hasse ich es, wenn ich mich für irgendetwas entscheiden muss. Ich habe immer Angst, die falsche Entscheidung zu treffen, sogar bei solchen banalen Sachen wie der Kleiderwahl. Am liebsten schiebe ich schwierige Entscheidungen möglichst lange vor mir her und hoffe einfach, dass sich das Thema irgendwann von selbst erledigt.

In diesem Moment wird mir die Entscheidung allerdings abgenommen, denn der Bus fährt los und ich habe gar keine andere Wahl, als ihm hinterherzurennen. Das kann doch jetzt nicht wahr sein! Die können doch nicht ohne mich losfahren! Mir bricht der Schweiß aus und ich keuche wie eine Dampfmaschine, während ich versuche, mit meinem Koffer so schnell wie möglich über den Parkplatz zu rennen. Dabei stolpere ich und falle fast der Länge nach hin. Ein fieses Seitenstechen zwingt mich dazu, stehen zu bleiben. Es hat sowieso keinen Sinn, so eine gute Sprinterin war ich noch nie, als dass ich den Bus noch hätte einholen können. Sie werden schon irgendwann merken, dass ich fehle und hoffentlich umkehren.

„Amelie!" ruft plötzlich eine bekannte Stimme.

Ich wirbele herum und sehe Frau Aries, die neben einem Bus steht und mir zuwinkt. Verdutzt und gleichzeitig erleichtert laufe ich zu ihr hinüber.

„Oh, ich dachte, das wäre unser Bus, der da gerade um die Ecke gefahren ist." sage ich.

Meine Lehrerin nimmt mir meinen Koffer ab und reicht ihn dem Busfahrer, damit er ihn einpacken kann.

„Denkst du wirklich, wir hätten nicht gemerkt, dass du fehlst?" fragt Frau Aries lächelnd.

Ich zucke mit den Schultern und grinse zurück. „Vermutlich nicht."

Ich mag Frau Aries wirklich sehr gerne. Sie ist noch ziemlich jung und erst seit zwei Jahren unsere Klassenlehrerin. Heute trägt sie ihre braunen Haare in einem Dutt, wodurch sie noch jünger wirkt.

Als ich in den Bus einsteige, sind schon fast alle Sitze besetzt, also nehme ich den Platz ganz vorne neben dem Busfahrer. Er ist mittleren Alters - ich würde ihn auf ungefähr 40 Jahre schätzen - mit einer kräftigen Statur und einer Glatze.

Nachdem ich mich auf meinen Platz gesetzt habe, schließen sich die großen Türen und der Bus setzt sich in Bewegung. Durch einen Lautsprecher genau über mir ertönt eine weibliche Computerstimme:

Sehr geehrte Damen und Herren. Vielen Dank, dass Sie sich für eine Reise mit dem Reisebusunternehmen Enders entschieden haben. Wir möchten Sie darauf hinweisen, dass das Nutzen des Sicherheitsgurtes

Pflicht ist. Bei weiteren Fragen wenden Sie sich bitte an den Busfahrer oder die Busfahrerin. Unser Team vom Reisebusunternehmen Enders wünscht Ihnen eine angenehme Fahrt.

Erleichtert atme ich einmal tief durch. Ich habe es also doch noch rechtzeitig zum Bus geschafft. Aus meinem Rucksack ziehe ich ein dickes Buch, das ich mir gestern in der Bibliothek ausgeliehen habe, und schlage es auf. Nach zehn Minuten bin ich so in den Zeilen versunken, dass ich fast gar nicht mitbekomme, dass der Busfahrer mit mir redet. „Was liest du denn da für ein Buch?" wiederholt er seine Frage.

„Oh, das ist ein Buch über die Geschichte von Côte de la Lune. Ich bin ziemlich neugierig und wollte mich ein wenig über den Ort informieren, in dem wir unsere Klassenfahrt verbringen. Am bekanntesten ist der Ort für seine einzigartigen Felsen an der Küste, die im Mondlicht wunderschön glitzern, woher diese Region ja letztendlich auch ihren Namen hat." Côte de la Lune - auf Deutsch bedeutet der Name „Küste des Mondes" - ein wunderschöner Name für eine ebenso schöne Gegend in Südfrankreich, in der wir eine Woche lang unsere Abschlussklassenfahrt verbringen werden.

„Das stimmt. Das Gestein ist aus einem besonderen Quarz, das im Mondlicht golden schimmert."

Erstaunt lausche ich auf. „Sie kennen sich damit aus? Woher wissen Sie das?"

Der Busfahrer lacht freundlich. „Ich wohne schon seit vielen Jahren in Côte de la Lune und interessiere mich unter anderem auch für

Geschichte und Mythologie. Vor ein paar Jahren habe ich sogar mal einen Geologiekurs an einer Uni gemacht, wo wir viel über Gesteine und Mineralien gelernt haben."

„Wow, das ist bestimmt spannend. Ich würde mich sehr freuen, wenn Sie mir etwas darüber erzählen können. Solche Themen haben mich schon immer fasziniert."

„Du musst mich doch nicht Siezen! Nenn mich doch bitte Gianno."

Etwa drei Stunden später fahren wir von der Autobahn runter und halten an einer Raststätte an. Nacheinander steigen wir alle aus dem Bus, froh über die Gelegenheit, sich mal die Beine zu vertreten. Ich hole meine Brotbüchse aus der Tasche und setze mich an den letzten freien Tisch in dem kleinen Café. Es duftet nach frisch gebackenen Keksen und heißer Schokolade. Ich hole mein Handy aus meinem Rucksack und tippe eine Nachricht an meine Mutter:

Hallo Mama,
ich hab den Bus doch noch rechtzeitig geschafft. Wir machen gerade eine Rast und kommen in ca. 3 Stunden in Côte de la Lune an. Ich hoffe, du hast deinen Flieger auch noch geschafft. Sag Oma und Opa schöne Grüße von mir.

Ich drücke auf *Senden* und stecke das Handy wieder in meine Tasche. Wahrscheinlich hat meine Mutter sowieso keinen Empfang, solange sie im Flugzeug sitzt. Während ich auf Klassenfahrt bin, fliegt sie nämlich zu ihren Eltern, die vor 4 Jahren nach Griechenland gezogen sind. Dort haben sie ein schönes kleines Häuschen gekauft, das direkt am Meer steht.

„Hi, wie geht's?" fragt eine bekannte Stimme. Ich schaue auf und sehe Luisa auf mich zukommen. Obwohl sie ihre langen, dunkelblonden Haare zu einem Pferdeschwanz zusammengebunden hat, reichen sie ihr bis zur Hüfte.

„Ist hier noch ein Platz frei?" fragt sie.

„Ja klar, setz dich ruhig." sage ich und räume meinen Rucksack von dem Stuhl neben mir, so dass sie sich setzen kann.

Luisa ist mit 1,57m die Kleinste aus unserer Klasse. Doch ihre zierliche Figur täuscht: sie ist das reinste Energiebündel. Zweimal die Woche geht sie zum Reiten, nebenbei macht sie Leichtathletik und dienstags hat sie auch noch Fechtunterricht. Außerdem redet sie immer wie ein Wasserfall. Kaum hat sie sich gesetzt, sprudelt sie auch schon los: „Ich freue mich so sehr auf die Klassenfahrt! Ich bin so gespannt, was wir alles machen werden. Ich persönlich hätte ja voll Lust auf Kanu fahren oder einen Freizeitpark oder nein, warte, noch besser: Fallschirm springen! Ja, das wäre cool. Aber ich bezweifele, dass Frau Aries das mitmacht. Auf was hättest du Lust, Amelie?" Das alles sagt sie in einer unglaublichen Geschwindigkeit. Doch bevor ich ihr antworten kann, redet sie auch schon weiter: „Die Jugendherberge soll auch ganz schön sein, vielleicht kommen wir ja sogar in ein Zimmer? Aber wenn es Doppelstockbetten gibt, dann möchte ich unbedingt oben schlafen. Als Kind bin ich zwar mal da runter gefallen und musste dann mit einer Platzwunde am Kopf ins Krankenhaus, aber nach 2 Tagen durften mich meine Eltern wieder abholen." Während Luisa munter weiterquasselt

9

(ich habe mich mittlerweile daran gewöhnt, dass man bei ihr nie zu Wort kommt), widme ich mich meinem Brötchen.

„Huhu!" ruft Luisa auf einmal und reißt mich aus meinen Gedanken. Wie verrückt wedelt sie mit den Armen. Erst als ich ihrem Blick folge, sehe ich, wen sie da versucht herzulocken. Amber, ihre beste Freundin, steht am anderen Ende des Cafés. Als sie uns sieht, kommt sie schnell zu unserem Tisch gelaufen und setzt sich gegenüber von Luisa.

„Ich hab dich schon gesucht!", sagt Amber während sie ihre Jacke über die Stuhllehne hängt, „Ich glaube nämlich, dass du aus Versehen mein Portemonnaie eingepackt hast. Ich kann es nirgends finden! Oh, bitte sag, dass du es hast, sonst hab ich nämlich ein richtiges Problem."

Luisa kramt eine Weile in ihrem Rucksack. „Ich hab's!" sagt sie erfreut, zieht ein edles, schwarzes Portemonnaie heraus und reicht es Amber.

„Gott sei Dank." sagt Amber, „Ich hab schon gedacht, dass ich in Côte de la Lune gar nicht shoppen gehen kann. Das wäre echt furchtbar gewesen." Erleichtert nimmt sie ihr Portemonnaie entgegen und verstaut es sicher in ihrer kleinen Handtasche.

Ich muss schmunzeln. Mode war schon immer Ambers Leidenschaft gewesen. Schon seit der Grundschule träumt sie davon, ihre eigene Modeboutique zu eröffnen.

„Also Mädels, was wollt ihr trinken? Ich gebe eine Runde für euch aus." verkündet Amber.

Es ist schon 16 Uhr, als wir in Côte de la Lune ankommen. Trotzdem ist es noch warm und die Sonne strahlt von einem wolkenlosen Himmel. Wir alle schauen wie verzaubert aus den Fenstern, als der Bus sich durch die schmalen Straßen schlängelt und uns immer näher zu unserem Reiseziel bringt. Die Landschaft hier in der *Französischen Rivera* ist wirklich atemberaubend schön. Auf der rechten Straßenseite erstrecken sich endlose Lavendelfelder und in der Ferne kann ich sogar schon das Meer erkennen. Der Bus parkt auf einem Parkplatz direkt vor unserer Jugendherberge. Auch wenn die Jugendherberge von außen durch ihren Fachwerkhausstil altmodisch aussieht, ist im Inneren alles sehr modern eingerichtet. Im Empfangsbereich erwartet uns eine Frau mit einem streng nach hinten gebundenen Zopf und einer dicken Schicht Make-up im Gesicht. Sie trägt einen lilafarbenen Stiftrock und dazu ein passendes rosa Tuch. Frau Aries geht zu ihr und die Frau setzt ein breites Lächeln auf, das meiner Meinung nach viel zu gekünstelt wirkt. Selbst von weitem höre ich, dass sie einen starken französischen Akzent hat. Sie steht kerzengerade da, so als hätte sie einen Stock im Rücken und unwillkürlich stelle ich mich selbst etwas aufrechter hin. Auf mich wirkt diese Frau jedenfalls nicht sonderlich sympathisch. Nach dem Gespräch mit Frau Aries stöckelt sie in ihren High-Heels los und führt uns zu unseren Zimmern.

Entlang der Treppe, die in die obere Etage mit den Schlafzimmern führt, hängen verschiedene Gemälde, auf denen die Felsen und der Strand abgebildet sind. Die obere Etage ist mit einem edlen roten Teppich ausgelegt und an den Zimmertüren sind die jeweiligen Nummern in goldene Metallschilder eingraviert. In Zimmer 217, welches ich mir mit

Amber teile, stehen zwei Einzelbetten und unter dem Fenster ist ein Tisch mit einer Blumenvase darauf. Ich stelle meinen Koffer unter den Tisch und genieße erst einmal die Aussicht aus dem Fenster. Von hier aus guckt man genau auf den Strand und ich kann die Menschen beobachten, die in dem wunderschönen blauen Meer baden oder sich am Strand sonnen.

„Bleibst du länger als die anderen oder warum hast du zwei von diesen riesigen Teilen mitgenommen?!" reißt mich eine Stimme aus meinen Gedanken. Gianno hat gerade Ambers zweiten Koffer ins Zimmer getragen und lässt ihn mit einem lauten *Wums* auf den Boden fallen.

„Ich konnte mich nicht entscheiden, welche Kleider ich mitnehmen soll, also hab ich einfach alle eingepackt. Außerdem musste ich ja auch meine Schminke irgendwo unterbringen." verteidigt sich Amber.

Mit einem Augenrollen wendet sich Gianno an mich. „Hier, ich glaube, das gehört dir. Es ist aus einer Seitentasche deines Koffers gefallen." Er reicht mir ein kleines Büchlein, das in einem goldenen Einband eingewickelt ist.

„Oh, danke." Ich nehme es entgegen und lege es auf dem Nachttisch ab. Der Koffer gehört eigentlich meiner Mutter, deswegen denke ich, dass es sich um ein Notizbuch von ihr handelt. Meine Mutter liebt Notizbücher. Egal wo wir sind, sie hat immer ein kleines Heft und einen Stift dabei, um etwas aufzuschreiben.

Nachdem wir unsere Betten bezogen haben und unsere Klamotten in den Holzschrank einsortiert haben (Amber hat gefühlt dreimal so viele Klamotten mit wie ich), gehen wir nach unten in den Gemeinschafts-raum, wo schon die meisten Klassenkameraden warten.

Einige Minuten später sind wir vollständig und Frau Aries erklärt uns den Ablaufplan für diese Woche.

„Erst einmal herzlich willkommen hier in der Jugendherberge. Ich hoffe, ihr seid alle mit der Zimmereinteilung zufrieden.", fügt sie mit einem Lächeln hinzu, „Ich erwarte von euch, dass ihr euch benehmt und keinen Unfug anstellt. Ich werde euch jetzt den Ablaufplan für diese Woche mitteilen. Morgen werden wir die Woche mit einer schönen Wanderung beginnen, um die Umgebung besser kennenzulernen. Es gibt einen wunderschönen Aussichtspunkt, der nicht allzu weit von hier entfernt ist. Am Mittwoch habt ihr Freizeit und könnt selbst entscheiden, was ihr unternehmen möchtet. Die Jugendherberge bietet auch verschiedene Ausflüge an, bei denen ihr teilnehmen könnt." Sie reicht die Listen mit den unterschiedlichen Aktivitäten herum, in die man sich einschreiben kann. „Am Dienstagabend findet hier in Côte de la Lune auch ein Tanzabend statt, zu dem ihr gehen könnt.", fährt sie fort, „Donnerstag werden wir dann wieder gemeinsam etwas unternehmen: Wir gehen in das örtliche Meeresmuseum, um etwas über die Geschichte der Region zu lernen."

Oh ja, ein Museumsbesuch genau an meinem Geburtstag! Das ist das beste Geschenk, das ich mir hätte wünschen können! Ich liebe es, durch Museen zu schlendern und neue Dinge zu entdecken, von denen ich manchmal noch nicht mal wusste, dass sie überhaupt existieren. Und das Meer finde ich sowieso total spannend. Einfach unglaublich, was es in den Tiefen der See alles gibt. Meere sind so riesig und es gibt noch so viel, was bislang noch nicht erforscht wurde. Ich könnte mir gut vorstellen, später mal Meeresbiologie oder so etwas Ähnliches zu studieren. Wie erwartet, ist jedoch der Rest meiner Klasse von diesem Ausflug eher weniger begeistert.

„Och ne, wieso müssen wir in so ˋnen langweiliges Museum gehen? Wir könnten doch auch in einen Freizeitpark oder so..." beschwert sich Jakob. Doch Frau Aries bleibt standhaft. „Es ist eine Klassenfahrt. Da gehört auch ein bisschen Bildung dazu." Und damit ist diese Diskussion beendet.

Bis zum Abendessen um 19 Uhr haben wir noch genügend Zeit, den Ort zu erkunden und uns umzuschauen. Ich biege links in Richtung Strand ab und bin überwältigt von dem Anblick, der sich mir bietet. Ich stehe vor einer langen Kopfsteinpflasterstraße, an deren Ende ich bereits den Strand und das Meer sehen kann. Ein paar Touristen schlendern von Laden zu Laden oder sitzen in den gemütlichen Cafés und trinken einen Espresso. Die ganze Straße ist erleuchtet von Lichterketten und Girlanden, die quer über der Straße aufgehängt wurden. Ich komme an ein paar Souvenirläden vorbei und zwischen den unzähligen Cafés entdecke ich sogar eine kleine Bibliothek. Hinter einem großen Schaufenster sind die allerneusten Modetrends und angesagtesten Accessoires ausgestellt. Amber würde begeistert sein. Ich komme an weiteren niedlichen Cafés vorbei, die mit sehr viel Liebe zum Detail dekoriert sind. Ein köstlicher Geruch nach frischem Brot weht mir aus einer kleinen Bäckerei am Straßenrand in die Nase. Ich stelle mich an die Seite, so dass ich den anderen Passanten nicht im Weg stehe, und genieße für ein paar Momente diese wunderschöne Aussicht. Die Sonne spiegelt sich in den Fenstern und tanzt über diese traumhaft schöne Szenerie. Ich beobachte die Menschen, die an mir vorbeilaufen. Die meisten Leute haben große Einkaufstüten in der Hand und schlendern glücklich durch die Straße. Plötzlich sehe ich, dass ein fremder Mann mit langen Schritten zielstrebig auf mich zukommt. Er ist so auffallend gekleidet, dass er sofort aus der Menge heraussticht. Er hat kurzes, graues Haar, sieht jedoch noch nicht älter aus als 40. Sein Laufstil ist elegant und er trägt eine sehr spezielle Kleidung. Der Mann hat hohe, weiße Stiefel an und auch der Rest seiner Kleidung ist weiß. Geschickt schlängelt er sich durch die Menschenmenge, bis er kurz vor mir stehen bleibt. Er lächelt mich freundlich an und zeigt dabei perfekte weiße Zähne.

„Ich hätte es dir gerne etwas feierlicher überreicht, aber dazu hatte ich leider keine Zeit." sagt der Fremde. Dann räuspert er sich und spricht weiter: „Amelie Sheridan, du wurdest auserwählt, die siebte Trägerin eines Amuletts zu sein und hast somit die Ehre, die Stadt der Elfen zu beschützen. Du wirst sicherlich viele Fragen haben, aber ich bitte dich, dir diese bis Freitag aufzuheben. Da wird dann deine Zeremonie stattfinden und ich werde dir alles erklären." Dann beugt er sich zu mir vor und gibt mir etwas in die Hand. Er umschließt meine Hand mit seinen Fingern zu einer Faust, so dass ich nicht sehen kann, was er mir gegeben hat. Ich spüre lediglich etwas Kaltes, vielleicht Metall oder etwas in der Art. Der Mann sieht mir eindringlich in die Augen.

„Pass gut darauf auf."

Kapitel 2

Verwundert betrachte ich das Objekt, das mir der Fremde in die Hand gelegt hat. Es ist tatsächlich ein Amulett - mit silbernen Ornamenten verziert und in der Mitte glänzt ein wunderschöner lilafarbener Edelstein. Ein Amethyst! Ich will dem Fremden für dieses außergewöhnliche Geschenk danken, aber als ich wieder aufschaue, ist er verschwunden. Verwirrt drehe ich mich einmal um mich selbst, doch von dem Mann fehlt jede Spur. Wohin ist er so schnell verschwunden? Und vor allem wie? Ich halte weiterhin nach dem auffälligen weißen Umhang des Mannes Ausschau, doch ich kann ihn nirgends entdecken. Die Straße wirkt ganz normal und die Leute laufen an mir vorbei, als hätten sie diesen merkwürdigen Mann, der überhaupt nicht hierher gepasst hat, gar nicht bemerkt.

Wie immer, wenn ich über etwas nachdenken will, mache ich einen kleinen Spaziergang. Ich laufe barfuß am Strand entlang und versuche, meine Gedanken zu ordnen. Woher kannte der Fremde meinen Namen? Wieso trug er so merkwürdige Klamotten? Und wie ist er so schnell verschwunden? Ich bleibe stehen und betrachte zum vierhundertsten Mal in der letzten halben Stunde das Amulett. Es fühlt sich leicht an und passt genau in meine Handfläche. Der Edelstein in der Mitte ist glattgeschliffen und funkelt in der Sonne. Ich lege die Kette um meinen Hals und lasse das Amulett unter meinem T-Shirt verschwinden. Gedankenverloren laufe ich weiter am Strand entlang. Inzwischen steht die Sonne ganz tief am Himmel und die meisten

Badegäste sind schon nach Hause gegangen. Im Schneidersitz setze ich mich in den Sand. Das Meer wird wunderschön angestrahlt und glitzert in den hübschesten Blautönen. Rechts von mir ragen die berühmten Felsen auf, die das Ganze noch märchenhafter aussehen lassen. Nur eine kleine Wolke zieht über den blauen Himmel und es verspricht, eine sternenklare Nacht zu werden.

Ich vergrabe meine Hände im kühlen, weichen Sand. Die letzten Sonnenstrahlen kitzeln auf meiner Haut. Eine angenehme, kühle Brise weht mir eine Haarsträhne aus dem Gesicht. Der Horizont hat sich rot verfärbt und taucht die Umgebung in ein gemütliches Licht. Ich seufze und genieße diesen traumhaft schönen Anblick. Schon immer habe ich es geliebt, Sonnenuntergänge und -aufgänge zu beobachten. Ich erinnere mich an einen Tag bei meinen Großeltern in Griechenland, als ich mit meiner Mutter extra früh aufgestanden und auf einen Felsen direkt am Meer geklettert bin, um den Sonnenaufgang zu betrachten. Genau in diesem Moment piepst mein Handy. Ich ziehe es aus meiner Hosentasche und schaue auf das Display. Es ist eine Nachricht von meiner Mutter:

Hallo Prinzessin, ich hoffe, ihr seid gut angekommen. Ich bin mittlerweile auch in Kythira gelandet. Das Wetter hier ist traumhaft schön! Heute Abend gehe ich mit Oma und Opa essen. Der Empfang hier ist ziemlich schlecht, aber ich hoffe trotzdem, dass meine Nachrichten ankommen. Genießt die Woche und macht euch eine schöne Klassenfahrt. Kuss, Mama.

Darunter hat sie noch ein Bild von sich und meinen Großeltern geschickt, wie sie in einem Restaurant direkt am Meer sitzen und leckeres griechisches Essen genießen. Ich schicke ein Bild von mir zurück und schreibe, dass es hier auch sehr schön ist und wir gut angekommen sind. Kurz überlege ich, ob ich ihr auch von dem fremden Mann und dem Amulett erzähle, aber das sage ich ihr lieber später, wenn wir mal telefonieren. Ich stecke mein Handy wieder in die Hosentasche und genieße den Sonnenuntergang.

Als ich später zur Jugendherberge zurückkehre, sind die Straßen bereits leerer und die meisten Geschäfte haben geschlossen. In einem Café an der Strandpromenade entdecke ich Gianno. Er beugt sich gerade unter den Tisch und es sieht so aus, als ob er irgendetwas am Boden suchen würde. In der linken Hand hält er einen Zettel. Ich winke ihm zu. Als er mich sieht, packt er den Zettel weg und lächelt mir entgegen.

„Hallo Amelie! Schön, dich hier zu treffen."

„Ich wollte gerade zurück zur Jugendherberge gehen, da hab ich dich gesehen. Suchst du etwas?"

„Nein, mir ist nur gerade etwas runtergefallen." sagt er. Sein Blick bleibt an meinem Hals hängen und seine Augen weiten sich. „Woher hast du dieses Amulett?"

„Oh...also das...ehrlich gesagt, hat mir das gerade ein völlig fremder Mann gegeben. Ohne irgendeine Erklärung. Aber es ist wirklich hübsch oder?" sage ich.

„Ja, in der Tat. Darf ich es mal sehen?" Er betrachtet das Amulett sehr ausführlich und als er nach 2 Minuten immer noch fasziniert darauf starrt, räuspere ich mich.

„Ich muss jetzt los, sonst komme ich zu spät zum Abendessen. Es war schön, dich zu treffen. Bis dann!" Ohne eine Antwort abzuwarten drehe ich mich um und laufe weiter zur Jugendherberge.

Ich lasse mich auf mein Bett fallen und starre die Decke an. Noch immer muss ich an diesen seltsamen Fremden denken. Was sagte er nochmal? Ach ja, dass ich *die siebte Trägerin eines Amuletts bin und dadurch die Stadt der Elfen beschützen soll.* Was für eine Stadt der Elfen? Ich seufze. Im Moment habe ich keine Lust, mir darüber den Kopf zu zerbrechen - auch wenn ich normalerweise Rätsel liebe. Ich setze mich wieder aufrecht hin und mein Blick fällt auf das goldene Notizbuch, das auf meinem Nachttisch liegt. Neugierig nehme ich es in die Hand und blättere darin herum. Es sieht so aus, als wäre es kein Notizbuch, sondern eine Art Tagebuch. Auf der ersten Seite steht der Name meiner Mutter: Aurelia Grace Sheridan. Ich schlage das Buch wahllos auf. Zwischen den Seiten rutscht ein Foto heraus und fällt auf den Boden. Vorsichtig hebe ich es auf und betrachte es genauer. Es muss schon älter sein, denn die Farbe ist bereits leicht verblasst und an den Ecken ist das Bild eingerissen. Außerdem sieht meine Mutter noch recht jung aus. Neben ihr steht eine andere junge Frau, die mir irgendwie bekannt vorkommt. Ich zerbreche mir den Kopf darüber, woher ich sie kenne, aber ich komme nicht darauf. Sie stehen vor einem großen Felsen und lächeln in die Kamera. Der Felsen im Hintergrund hat eine besondere Form: mit ein bisschen Fantasie sieht er aus, wie ein Herz. Ich betrachte es noch eine Weile und erst nach einigen Minuten fällt mir auf, dass beide Frauen ein Amulett tragen, das dem, das mir eben der fremde Mann gegeben hat, gar nicht so unähnlich ist. Das kann doch kein Zufall sein! Das Amulett meiner Mutter ist golden, genau wie ihre Haare. Und das der anderen Frau ist orange. Behutsam drehe ich das Foto um. Auf der Rückseite ist das Datum notiert: 26.08.2004. Vor fast 17 Jahren. Ich lege das Foto zurück in das Tagebuch und schaue mir die anderen Seiten an. Auf den meisten Seiten sind weitere Fotos von den Felsen und ein paar Beschriftungen. Gedankenverloren wickele ich mir eine Haarsträhne um den Finger – eine doofe Angewohnheit, die ich von meiner Mutter habe. Ich blättere weiter, auf der Suche nach irgendwelchen interessanten Tagebucheinträgen. Ziemlich weit hinten, auf den letzten Seiten des Buches, hat meine Mutter in ihrer unverkennbaren, verschnörkelten Handschrift einen Text geschrieben:

Am 26. August sind Ophelia und ich in der S.d.E. angekommen. Für Ophelia war es das erste Mal, dass sie hier war. Am Freitag wurde sie durch die Zeremonie offiziell aufgenommen. Die restlichen Tage haben wir genutzt, um die Gegend zu erkunden. Es ist wirklich jedes Mal atemberaubend schön hier! Ophelia und ich haben es uns zur Aufgabe gemacht, eine Karte von der Umgebung zu zeichnen und wir haben außerdem ein paar Hinweise versteckt, wie man das geheime Tor finden kann:

Die Seite danach ist rausgerissen.

Kapitel 3

Das Abendessen findet in einem großen Gemeinschaftsraum statt. Als ich den Raum betrete, drängeln sich überall Schüler herum und die Betreuer versuchen vergeblich, etwas Ruhe zu schaffen. Ich halte nach Amber und Luisa Ausschau, kann sie aber in dem Gewusel nirgends entdecken. Ich bahne mir einen Weg durch die ganzen Schüler zur anderen Seite des Raumes. Dort wurde auf einem langen Tisch ein Buffet angerichtet. Ich nehme mir einen Teller und stelle mich in der langen Schlange an. In großen Metalltöpfen und Schüsseln sind verschiedene französische Speisen angerichtet, die alle mit einem Zettel beschriftet sind. In der ersten Schüssel ist ein Brotaufstrich „Tapenade" und daneben steht ein Gericht mit der Aufschrift „Salade Niçoise". Außerdem gibt es eine Unmenge an verschiedenen Soßen. Ich mache mir von allem ein bisschen drauf.

Von der hinteren Ecke des Raumes aus winken mir meine Klassenkameraden zu. Mit meinem gut gefüllten Teller setze ich mich auf einen Platz zwischen Luisa und Joschua. Ich dachte ja schon, ich habe mir viel zu Essen auf meinen Teller gemacht, aber Luisa hat mindestens doppelt so viel.

„Na du hast dir aber was vorgenommen." sage ich schmunzelnd.

„Ja, wenigstens gibt es hier nicht so ekliges Essen wie in unserer Schulkantine und außerdem gibt es hier keine nervigen kleinen Brüder, die einem ständig das Essen klau-... Hey!" Joschua hat soeben versucht, eine von Luisas Pommes zu stibitzen. „So viel dazu."

Luisa hat Recht, das Essen schmeckt wirklich ausgezeichnet.

„Ich gehe mal davon aus, dass ihr bereits alle Einkaufsläden der Gegend ausfindig gemacht habt?" frage ich Amber und Luisa.

„Ja, wir waren in fast allen Klamottenläden, die wir finden konnten. Es sind tatsächlich ein paar schöne Läden dabei gewesen. Morgen nach der Wanderung wollen wir noch in die restlichen Läden. Wir wollten dich fragen, ob du mitkommen möchtest." sagt Luisa und schaut mich mit einem Hundeblick an, bei dem man unmöglich ablehnen kann.

„Du weißt, dass ich nicht gerne shoppen gehe und versuchst es trotzdem immer wieder." antworte ich lachend.

„Man kann es ja wenigstens versuchen." sagt sie mit einem Schulterzucken.

„Ich werde es mir überlegen."

„Und was hast du so vorhin gemacht?" erkundigt sich Amber.

„Ich war am Strand und habe mir den Sonnenuntergang angeschaut. Es war wirklich traumhaft schön." Meine Gedanken schweifen wieder zu dem fremden Mann. Soll ich den beiden davon erzählen?

Ich beuge mich ein bisschen vor, so dass nur Amber und Luisa mich verstehen können.

„Und mir ist etwas sehr Merkwürdiges passiert. Ein fremder Mann hat mir das hier gegeben." Ich zeige ihnen das Amulett.

„Wow, das sieht aber schön aus! Wo hast du das her?" fragt Luisa mit aufgerissenen Augen.

„Hörst du überhaupt zu? Sie hat doch gerade gesagt, dass sie es eben von einem fremden Mann bekommen hat." tadelt Amber sie und ich muss schmunzeln. Zuhören ist nicht Luisas Stärke. Sie redet lieber selber.

„'tschuldigung. Ich war gerade von diesem köstlichen Aioli abgelenkt." antwortet Luisa.

Kopfschüttelnd wendet sich Amber wieder an mich. „Zeig nochmal her." Sie betrachtet das Amulett kritisch. „Hast du diese winzigen Blumenranken gesehen, die hier eingraviert sind? Wow, wer auch immer dieses Amulett angefertigt hat, er muss ein echter Meister sein. Und ich wette, es ist mega wertvoll. Ich frage mich wirklich, warum dieser Mann es dir einfach so gegeben hat." sagt Amber.

Ich zucke mit den Achseln. „Das wüsste ich auch gerne. Aber ich werde es wohl erst am Freitag erfahren."

„Am Freitag? Wieso am Freitag?" fragt Amber verwirrt.

„Keine Ahnung. Das hat der Mann zumindest gesagt. Dass er am Freitag nochmal kommt und mir dann alles erklärt. Und irgendwas von einer Zeremonie."

„Eine Zeremonie? Also jetzt bin ich ganz verwirrt." sagt Amber.

„Ich verstehe es auch nicht wirklich. Aber das Gruseligste war ja, dass er meinen Namen kannte!"

„Was? Oh Gott. Und du bist dir sicher, dass du diesen Mann noch nie zuvor gesehen hast?"

„Ja, ganz sicher." Eigentlich habe ich ein sehr gutes Gesichtergedächtnis. „Und deswegen wundert es mich ja auch so. Woher sollte mich hier, 600 km von Zuhause entfernt, jemand kennen?"

„Das ist eine gute Frage. Auf die ich leider keine Antwort weiß. Aber vielleicht deine Mutter? Könnte doch sein, dass er irgendein Verwandter ist, der vor vielen Jahren hierher gezogen ist und dieses Amulett ist ein Familienerbstück oder so..."

Das finde ich ein bisschen sehr weit hergeholt. Aber es ist auch nicht ganz auszuschließen. Schließlich habe ich die Familie meines Vaters nie kennengelernt. Ich weiß nicht mal, wer mein Vater ist oder wo er wohnt. Ich habe auch nie wirklich danach gefragt, weil es mich eigentlich nicht interessiert hat. Meine Mutter ist wie meine beste Freundin und ich hatte nie das Gefühl, dass mir ein Elternteil fehlt.

„Du könntest deine Mom doch wenigstens mal danach fragen." schlägt Amber vor.

„Ja, das kann ich machen. Aber sie ist gerade in Griechenland bei meinen Großeltern und dort ist so gut wie gar kein Empfang."

„Wer ist gerade in Griechenland?" Luisa hat mal wieder gar nicht zugehört. Amber schüttelte wieder den Kopf, erspart sich aber diesmal einen Kommentar. Es wäre sowieso zwecklos gewesen, denn Luisa redet nun mal viel lieber selbst, als dass sie zuhört.

„Ich war vor 3 Jahren auch mal in Griechenland gewesen." plappert sie munter drauf los. „Wir sind mit dem Flugzeug von Frankfurt nach Kreta geflogen und von dort aus in unser Hotel. Ich kann mich noch erinnern, dass es ziemlich eng war, weil ich mir mit meinen beiden Brüdern ein Zimmer teilen musste..."

Während Luisa weiter über ihren Griechenlandurlaub erzählt, lasse ich meinen Blick durch den Raum schweifen. Links neben Frau Aries sitzt Jamie, der einen riesigen Haufen an Essen auf seinem Teller hat, so dass man denken könnte, er isst für 3 Personen. Einen Platz weiter sitzt Noah, der genauso grün im Gesicht ist wie der Dip, von dem er gekostet hat. Ich glaube, den werde ich nicht probieren. Schräg gegenüber von mir sitzt ein schwarzhaariger Junge, den ich bisher noch nie gesehen habe. Ich weiß nicht wieso, aber er kommt mir irgendwie sehr mysteriös vor. Vielleicht liegt das an seinem außergewöhnlichen Aussehen. Er hat tiefschwarzes Haar und ungewöhnlich blasse Haut. Vielleicht bilde ich es mir auch nur ein, aber es sieht so aus, als ob seine Haut sogar weiß schimmert. Fasziniert beobachte ich ihn.

„Hallo? Erde an Amelie?" Amber tippt mich an die Schulter. Plötzlich schaut der mysteriöse Junge genau zu mir. Hektisch drehe ich mich weg. Hoffentlich hat er nicht gemerkt, dass ich ihn 2 Minuten ununterbrochen angestarrt habe.

„Wir gehen schon mal hoch in unser Zimmer. Kommst du mit?" fragt Amber. Ich nicke zur Antwort und folge den beiden.

„Also, ich fasse es nochmal zusammen: Du bist vorhin auf dem Weg zum Strand einem Mann begegnet, den du noch nie zuvor gesehen hast, und er hat dir ein wahrscheinlich sehr wertvolles Amulett gegeben, ohne dir irgendeine Begründung zu sagen und danach hat er sich in Luft aufgelöst?" Amber schaut mich fragend an. Ich sitze, eingekuschelt in eine flauschige Wolldecke, mit Luisa auf meinem Bett und habe den beiden das Geschehene nochmal genau erläutert.

„Naja, nicht ganz. Zur Begründung meinte er, dass er mir am Freitag bei irgendeiner Zeremonie alles erklären wird. Und in Luft aufgelöst hat er sich natürlich auch nicht. Ich hab lediglich einen Moment nicht aufgepasst und als ich wieder aufgeschaut habe, war er schon verschwunden. "

„Mmmh." macht Amber nur und fährt damit fort, ihre Fußnägel in einem leuchtenden Rot zu lackieren.

„Und was hat das Ganze jetzt mit deiner Mutter zu tun?" fragt Luisa.

Ich krame das Bild aus meinem Nachttischschrank und zeige es ihr.

„Hier, wenn du genau hinschaust, siehst du, dass die beiden genau das gleiche Amulett tragen wie ich. Nur in einer anderen Farbe."

„Du hast Recht!" meint Luisa.

„Also ich bleib bei meiner Theorie, dass dieser Mann irgendein Bekannter von deiner Mutter ist." sagt Amber.

Ich grübele noch eine Weile vor mich hin, während sich Luisa und Amber einen Film auf ihrem Handy anschauen. Woher kennt dieser Fremde meinen Namen? Es kann ja wohl kaum Zufall sein, dass er meinen Vor- *und* Nachnamen wusste. Und was soll das bitte für eine Zeremonie sein? Dass der Fremde auch noch irgendwas von einem magischen Reich erzählt hat, habe ich Amber und Luisa nicht gesagt. Vermutlich hätten sie dann nur gelacht und diese Sache nicht ernst genommen. Ich muss zugeben, es klingt wirklich etwas absurd und lächerlich. Aber dieser Mann sah, obwohl seine Kleidung so anders und extravagant war, kein bisschen lächerlich aus. Auf mich hatte er eher einen sehr seriösen Eindruck gemacht. Meine Gedanken schweifen wieder zu dem Foto. Das muss doch irgendwie zusammenhängen, oder? Es kann kein Zufall sein, dass meine Mutter genau das gleiche Amulett getragen hat, wie ich. Ob sie es immer noch hat? Ich habe es noch nie bei ihr gesehen. Und diese andere Frau kommt mir auch so bekannt vor. Es liegt mir auf der Zunge, aber ich komm einfach nicht darauf, wer sie ist. Plötzlich klopft es und unsere Tür wird einen Spalt breit geöffnet. Aber es ist nur Frau Aries, die uns mitteilt, dass nun Nachtruhe ist und Luisa zurück in ihr Zimmer muss. Nachdem wir Luisa eine Gute Nacht gewünscht haben, gehen auch Amber und ich ins Bett. Von den ganzen verrückten Ereignissen des heutigen Tages bin ich so müde, dass ich sofort einschlafe.

Ich stehe vor einem riesigen Wegweiser und schaue verzweifelt nach links und rechts. Der Weg, den ich bisher entlang gegangen bin, hat sich urplötzlich in zwei Pfade geteilt und nun weiß ich nicht, in welche Richtung ich gehen soll. Links oder rechts? *Links oder rechts?* Ich kann mich nicht entscheiden.

Plötzlich erscheint Luisa neben mir. „Gehe den linken Weg weiter!" sagt sie zu mir. Bevor ich ihrem Rat folgen kann, taucht plötzlich meine Mutter auf. „Ich würde lieber den rechten Weg wählen." sagt sie. Verwirrt schaue ich zwischen Luisa und meiner Mutter hin und her. Was soll ich denn nun machen? Zu allem Überfluss erscheint nun auch noch Amber vor mir. Sie hält zwei Kleiderstangen mit zwei Outfits vor sich. „Amelie, helf mir mal! Welches Kleid soll ich anziehen? Das rosafarbene oder das Grüne?" Sie schaut mich eindringlich an und wartet auf eine Antwort. Ich zucke bloß mit den Schultern.

„Ich weiß es nicht. Sie sehen beide hübsch aus." Nörgelnd schnalzt meine Mutter mit der Zunge. „So geht das aber nicht, mein Kind. Du musst dich mal entscheiden." Die drei machen einen Schritt auf mich zu. Luisa flüstert: „Nimm den linken Weg!" Panisch schaue ich zu meiner Mutter. Sie schüttelt den Kopf und zeigt auf den rechten Weg.

„Welches Kleid soll ich nehmen?" fragt Amber zum wiederholten Male. Ich taumele ein paar Schritte zurück. *Links oder rechts? Rosa oder grün? Links oder rechts?*

Ich schrecke aus dem Schlaf hoch und atme einmal tief durch. Alles gut, es war nur ein Traum, sage ich in Gedanken zu mir selbst. Während ich mich wieder beruhige, schaue ich aus dem Fenster und sehe, dass es draußen langsam hell wird. Meine Uhr sagt mir, dass es gerade erst 05:13 Uhr ist. Amber schläft natürlich noch. Und die anderen vermutlich auch. Da kommt mir die Idee, den Sonnenaufgang am Strand zu beobachten. Also stehe ich auf und ziehe mir ein T-Shirt und meine Lieblingsjeans an. Amber dreht sich in ihrem Bett um und redet leise im Schlaf: „Oh Gott, Spinnen! Ich hasse Spinnen! Nein, danke, aber ich möchte nicht Stepptanzen..." Ich muss mich zusammenreißen, nicht zu lachen und schließe sacht die Tür, um sie nicht zu wecken. In der Jugendherberge ist es noch ganz still und somit kann ich mich, ohne dass irgendjemand mich sieht, durch die Tür schleichen.

Der Strand ist nur 2 min von unserer Unterkunft entfernt. Ich genieße den kleinen Morgenspaziergang durch die menschenleeren Gassen und lausche dem Vogelgezwitscher. Am Strand angekommen, ziehe ich meine Schuhe aus und laufe barfuß durch den kühlen Sand. Ich schließe die Augen und atme die Meeresluft ein. Auch wenn es so früh am Morgen ist, ist die Luft angenehm warm.

Als ich mich nach rechts drehe, sehe ich plötzlich ein Mädchen, ungefähr in meinem Alter, in der Nähe von den Felsen sitzen. Saß sie schon die ganze Zeit dort? Ich hätte schwören können, dass bis eben keiner außer mir am Strand war. Das Mädchen hat dunkelbraune, lockige Haare und einen gebräunten Teint. Nun hat sie mich auch gesehen und kommt zu mir gelaufen.

„Hallo, sieht der Sonnenaufgang nicht wunderschön aus? Ich komme jeden Morgen her, um ihn zu beobachten. Ich bin übrigens Alessia." Dabei lächelt sie mich so an, dass ich sofort gute Laune bekomme.

„Ich bin Amelie. Deine Ohrringe sind total schön!" sage ich und deute auf ihre wunderschönen Schmetterlingsohrringe.

„Dankeschön!" Wir setzen uns zusammen in den Sand und schauen auf das Meer. Auf einmal sehe ich, erstaunlich nah an der Küste, einen Delfin hochspringen.

„Wow, hast du das gesehen? Da war ein Delfin!" Mit dem Finger zeige ich zu der Stelle, wo der Delfin eben aus dem Wasser kam. Ich kann mein Glück noch gar nicht glauben, bestimmt sieht man hier nicht oft einen Delfin. Doch Alessia wirkt überhaupt nicht überrascht. Sie lächelt nur und sagt dann: „Ja, ich weiß. Er kommt jeden Morgen hierher. Er heißt Sparkle."

Ich wundere mich ein bisschen, warum er einen Namen hat, aber ich habe früher meinen Kuscheltieren auch immer Namen gegeben. Warum sollte man nicht auch einem Delfin einen Namen geben?

Ich wende mich wieder zum Wasser, um den Delfin vielleicht nochmal zu sehen. Tatsächlich springt er einige Sekunden später erneut aus dem Wasser und schlägt einen kunstvollen Salto, bevor er elegant wieder ins Wasser eintaucht. Alessia klatscht begeistert in die Hände. Sie steht auf und geht zum Meer. Ich stehe ebenfalls auf und folge ihr. Wir krempeln unsere Hosenbeine hoch und gehen ein Stückchen ins

Wasser. Kleine Wellen schwappen gegen meine Beine und wirbeln den Sand unter meinen Füßen auf. Neben meinem linken Fuß kommt eine wunderschöne Muschel zum Vorschein. Ich bücke mich und hebe sie auf. Sie ist ungefähr so groß wie meine Hand und schwerer als ich erwartet hätte. Das Gehäuse besteht aus zwei Klappen und hat eine hübsche beige bis weiße Farbe.

„Wie schön!", sagt Alessia, „das ist eine Pinctada Muschel. Sie sind in der Gegend hier sehr selten, aber wenn man mal eine findet, ist die Wahrscheinlichkeit sehr groß, dass eine Perle drin ist. Hast du schonmal eine Perle aus einer Muschel rausgeholt?" Erwartungsvoll sieht sie mich an.

„Nein, noch nie."

„Kein Problem." Alessia nimmt mir die Muschel aus der Hand und öffnet sie vorsichtig. Und tatsächlich befindet sich in ihr eine Perle. „Nimm sie dir, du hast schließlich auch die Muschel gefunden."

Vorsichtig nehme ich die Perle aus der Muschel. Alessia schließt die Muschel und legt sie wieder ins Meer. Ich betrachte die Perle in meiner Hand und plötzlich passiert etwas ganz komisches. Die - bis eben noch weiße – Perle verwandelt auf einmal ihre Farbe zu einem hellen Lila. Verdutzt betrachte ich die Perle in meiner Hand.

„Ist das normal?" frage ich Alessia.

Doch als ich den Blick von der Perle wende, sehe ich, dass sie schon ein paar Meter weitergelaufen ist. Achselzuckend stecke ich die Perle in meine Hosentasche, hole Alessia ein und wir laufen gemeinsam den Strand entlang. Wir reden und reden, als ob wir uns schon 10 Jahre kennen und merken gar nicht, wie schnell die Zeit vergeht. Irgendwann kommen allerdings die ersten Badegäste und ich schaue erschrocken auf meine Uhr. „Oh Gott, es ist schon 08:30 Uhr! Ich muss schon längst beim Frühstück sein!"

„Du hast recht, ich muss jetzt auch zur Arbeit." sagt Alessia.

„Wo arbeitest du denn?" frage ich neugierig, während wir wieder unsere Schuhe anziehen und in Richtung Jugendherberge laufen.

„Ich arbeite in einem Tierheim. Wenn du möchtest, kannst du gerne mal vorbeikommen. Neben dem Tierheim ist auch ein schönes Café."

„Sehr gerne."

Kurz vor der Jugendherberge trennen sich unsere Wege. Nachdem wir uns verabschiedet haben, laufe - oder besser gesagt renne - ich den restlichen Weg zur Jugendherberge und schleiche mich wieder durch die Tür nach drinnen.

„Da bist du ja!" Amber kommt die Treppe heruntergelaufen und umarmt mich. Schon so früh am Morgen ist sie perfekt gestylt und sieht kein bisschen mehr verschlafen aus. „Ich hab mich schon gewundert, als ich vorhin aufgewacht bin und dein Bett leer war." Sie hakt sich bei mir unter und gemeinsam gehen wir in den Essensraum, wo schon ein leckeres Frühstücksbuffet aufgebaut ist.

„Tut mir leid, aber ich wollte dich nicht wecken. Schließlich wolltest du im Traum gerade mit ein paar Spinnen stepptanzen." sage ich ironisch und muss lachen, als Amber angeekelt das Gesicht verzieht.

„Iiih! Gut, dass ich mich nicht mehr an diesen Traum erinnern kann. Ich hasse Spinnen. Und seit wann rede ich im Schlaf?" Als Antwort zucke ich mit den Schultern. Wir setzen uns zu unseren Mitschülern an den

Tisch. Ich nehme mir zwei leckere belegte Brötchen und eine große Tasse heißen Kakao (auf die kann ich morgens nicht verzichten!). Als Nachtisch steht eine riesige Schüssel mit Schoko-Muffins in der Mitte des Tisches. Ich nehme mir einen und beiße genüsslich in den luftigen Teig. *Mmmh, lecker!* Der Muffin ist schnell vernascht und ich nehme mir einen zweiten.

„Sieht so aus, als würde es dir schmecken?" fragt ein Junge mit einem leichten französischen Akzent. Er trägt eine weiße Schürze und an seiner Wange klebt ein bisschen Mehl.

„Hascht du die geback'n? Die schmeck'n wirklisch fantaschtisch!" sage ich mit vollem Mund. Daraufhin lächelt der Junge und in seinen Wangen bilden sich kleine Lachgrübchen. Er hat dunkelbraune, lockige Haare und seine Haut ist sonnengebräunt.

„Dankeschön. Ja, ich arbeite gerade in der Küche als Aushilfe. Ich bin übrigens Rafaël." Er reicht mir die Hand.

„Amelie." sage ich, während ich seine Hand schüttele. Verlegen lächele ich und hoffe, dass mir keine Schokokrümel am Mund kleben.

„Freut uns sehr, dich kennenzulernen, Rafaël!" sagt Amber und reicht ihm ebenfalls die Hand. Ich muss zugeben, dass ich ein bisschen neidisch bin, dass Amber immer so selbstbewusst ist.

Nachdem Rafaël alle begrüßt hat, wendet er sich wieder an mich und ich bemerke, dass er karamellfarbene Augen und noch dazu unglaublich lange Wimpern hat.

„Wenn ihr möchtet, könnt ihr die restlichen Muffins mitnehmen. Ich muss jetzt leider weiterarbeiten, aber ihr könnt mich gerne mal in der Küche besuchen." sagt er und zwinkert mir zu.

Kapitel 4

„zweiundzwanzig, dreiundzwanzig, vierundzwanzig,... Ok, wir sind vollständig. Dann kann es ja losgehen!" Nachdem Frau Aries unsere Vollständigkeit geprüft hat, beginnen wir unseren kleinen Ausflug. Unsere Lehrerin will mit uns an einen Aussichtspunkt wandern, von dem aus man den gesamten Strand und die Felsen betrachten kann. Die Straße führt uns aus dem Ort heraus und geht schließlich in einen wesentlich schmaleren Wanderweg über. Während wir dem Weg folgen, bestaune ich fasziniert die Natur. Überall blühen Blumen und die Sommerluft ist erfüllt vom Summen und Zirpen der Insekten. Ein wunderschöner blauer Schmetterling fliegt an mir vorbei und setzt sich auf eine Mohnblume am Wegesrand.

„Schaut euch diese schöne Umgebung an!" spricht Joschua genau das aus, was ich gerade gedacht habe.

„Nicht wahr? Ich liebe die Landschaft hier! Und heute ist glücklicherweise auch noch das perfekte Wetter für einen solchen Ausflug. Wenn wir am Aussichtspunkt angekommen sind, können wir mit Sicherheit sehr weit gucken." sagt Frau Aries glücklich.

Frau Aries' gute Laune ist offenbar ansteckend, denn hinter mir summt Luisa fröhlich ein Wanderlied vor sich hin. Wir kommen an eine Gabelung und biegen links in Richtung der Felsen ab. Der Weg wird noch schmaler und steiniger als bisher. Der Pfad schlängelt sich nun in Serpentinen an den Felsen hoch. Keuchend bleibe ich stehen, aber Luisa zieht mich unerbittlich weiter. Das letzte Stück ist ziemlich steil. Ein spitzer Stein piekst mich in die Fußsohle. Mittlerweile bereue ich es, dass ich meine Sandalen anstatt meiner Wanderschuhe angezogen habe. Endlich sind wir am höchsten Punkt angekommen und ich bin erleichtert, als ich sehe, dass auch die anderen eine kurze Verschnaufpause brauchen. Wie es scheint, sind wir jedoch noch nicht am Ziel angekommen, denn der Pfad führt weiter zu einer Hängebrücke, die die zwei Felsen miteinander verbindet. Frau Aries ist schon zur Hälfte über die Hängebrücke und winkt uns - immer noch mit allerbester Laune - zu sich. Mutig setze ich den ersten Schritt auf die hölzerne Brücke. Eigentlich sieht sie ganz stabil aus. Durch die schmalen Schlitze zwischen den Brettern kann ich erkennen, dass es unter uns mindestens 30 Meter in die Tiefe geht. Und da unten befindet sich nichts weiter als das Meer - sollte die Hängebrücke also tatsächlich nicht halten, knallt man wenigstens nicht auf harten Boden.

„Muss ich hier wirklich drüber gehen?" fragt Amber und klammert sich ängstlich am Geländer fest.

„Wenn du dich nicht traust, kannst du bestimmt auch hier bleiben und warten." sagt Joschua, aber Luisa ist anderer Meinung: „Du musst auch mal deine Angst überwinden! So schlimm ist es gar nicht." sagt sie und schiebt Amber sanft weiter.

„Oh Gott, ist das hoch! Und wieso muss das denn so wackeln?" Amber kneift die Augen zu und lässt sich von Luisa auf die andere Seite führen.

„Du kannst die Augen nun wieder öffnen." sage ich schmunzelnd, da Amber immer noch die Augen geschlossen hält, obwohl sie schon längst wieder festen Boden unter ihren Füßen hat.

Auf der anderen Seite der Hängebrücke führt der Weg *durch* den Felsen. Der Spalt ist recht schmal, so dass wir uns alle im Gänsemarsch durchquetschen müssen. Doch als wir schließlich am Aussichtspunkt ankommen, muss ich zugeben, dass sich der Weg hierher echt gelohnt hat. Man hat quasi einen 360° Ausblick auf das Meer.

Ich breite meine Picknickdecke aus und hole die Muffins aus meinem Rucksack, die uns Rafaël vorhin noch mitgegeben hat.

„Was ist das denn?" Luisa holt eine Lupe aus ihrem Rucksack und inspiziert damit den Felsen. Typisch Luisa, wer sonst hat eine Lupe mit auf Klassenfahrt?

„Schau mal, Amelie!" Aufgeregt winkt sie mich zu sich.

Tatsächlich hat sie etwas sehr Interessantes entdeckt. In der Felswand befindet sich ein kleiner Riss, aus dem sich eine Pflanze ihren Weg an die Oberfläche gebahnt hat. Ihre orange-roten Blüten sehen aus wie kleine Flammen.

„Mal sehen, was das für eine Pflanze ist." Luisa zückt ihr Handy und macht ein Bild von der außergewöhnlichen Blüte. Nach einigen Sekunden zeigt die Suchmaschine an: *Keine Ergebnisse gefunden.*

„Also entweder gibt es hier keinen Empfang oder du hast gerade eine bisher unentdeckte Pflanzenart gefunden." sage ich scherzhaft.

Luisa ist von dieser Idee anscheinend sehr begeistert: „Oh ja, dann kann ich ihr ja auch einen Namen geben! Soll ich sie nach mir benennen? Luisa-Blüte? Ne, ich finde Feuerblume passt besser."

„Was sind das für Buchstaben?" frage ich Luisa und deute auf eine Stelle am Felsen, die zur Hälfte von der Feuerblume überdeckt ist.

„Wo?"

„Geb' mir mal bitte deine Lupe." Tatsächlich. Sie sind zwar schwer zu erkennen, weil der Riss genau durch die Mitte geht und der Rest von

35

der Pflanze verdeckt wird, aber wenn man genau hinguckt, erkennt man es.

„Hier, siehst du? Das sind zwei Initialen! G & K. Und sie sind ineinander verschlungen." Ich gebe Luisa ihre Lupe zurück.

„Du hast Recht. Da hat bestimmt ein Liebespaar seine Initialen reingeritzt und nun sind da ein Riss und eine Feuerblume. Sieht nicht gut aus für die beiden."

Nach der Wanderung haben wir den restlichen Nachmittag Freizeit. Ich schlendere durch die Einkaufsstraße, in der Hoffnung, dass ich hier zufällig den fremden Mann von gestern treffe. Ich brauche unbedingt Antworten. Woher kennt er mich und wieso hat er mir dieses Amulett geschenkt? Zwischen zwei Cafés entdecke ich die kleine Bibliothek, die mir gestern schon aufgefallen ist. Über der Tür hängt ein großes Schild mit der Aufschrift *bibliothèque - Côte de la Lune*. Als ich eintrete, ertönt ein leises Glöckchen. Es ist ein kleiner, schnuckliger Laden. Sofort fühle ich mich pudelwohl. Ich liebe die Atmosphäre in Bibliotheken: der Geruch von altem Papier und die vielen Geschichten, die nur darauf warten, gelesen zu werden. Die Bibliothek umfasst gerade mal einen kleinen Raum und in den weißen Regalen ist nicht genügend Platz für alle Bücher, so dass sich überall auf dem Boden meterhohe Bücherhaufen stapeln. Es befinden sich nur sehr wenige Menschen in der Bibliothek. Die Bibliothekarin (ich vermute zumindest, dass sie das ist) sitzt hinter einem großen Schreibtisch und tippt etwas in den Computer ein. Ihre Lesebrille hängt an einem Band um ihren Hals. Begeistert schaue ich mich in dem kleinen Raum um und entdecke eine schmale Wendeltreppe. Neugierig steige ich die Wendeltreppe empor und gelange in die obere Etage der Bibliothek. Auf der linken Seite steht ein einladender, grüner Ohrensessel und daneben knistert ein Feuer im Kamin. In dieser Etage steht nur ein einziges weißes Regal und die Bücher darin sind nach Farben sortiert. Sanft streiche ich über die vielen verschiedenen Buchrücken: dicke Wälzer, dünne Heftchen, sehr alte Ausgaben, die schon fast auseinander fallen und bunte Kinderbücher, die wunderschön illustriert sind. Mir fällt ein großes Buch aus der 3. Regalreihe ins Auge. Ich ziehe es raus und setze mich damit in den gemütlichen Sessel neben dem Feuer. Das Buch ist sehr schwer und auf den dunkelroten Einband ist mit goldener Schrift der Titel aufgedruckt: *Mythen und Sagen aus der Region*. Begeistert schlage ich das Buch auf und stöbere durch die Kapitel.

Die Sonne strahlt von einem wolkenlosen Himmel und ich trage mir vorsichtshalber eine extra dicke Schicht Sonnencreme auf, um keinen Sonnenbrand zu bekommen. Meine Picknickdecke breite ich neben Amber und Luisa aus, die bereits ihre Bikinis angezogen haben und sich sonnen. Ich lege mich daneben und hole ein Buch aus meiner Tasche. So ein kleiner Roman ist doch genau das Richtige für einen entspannten Nachmittag am Strand. Während ich die ersten Seiten lese, brutzelt mir die Sonne auf den Rücken und schon bald ist die Hitze nicht mehr auszuhalten. Nach 20 Seiten klappe ich das Buch wieder zu.

„Wollt ihr mit ins Wasser kommen? Ich brauche dringend eine Abkühlung." frage ich Amber und Luisa.

Bevor wir ins Wasser gehen, lege ich noch schnell das Amulett und meinen anderen Schmuck ab. Luisa hat natürlich ihre komplette Schnorchel - Ausrüstung dabei und Amber und ich lachen uns kaputt, während sie mit ihren Taucherflossen über den Strand watschelt.

Das Wasser ist angenehm erfrischend. Ich hole tief Luft, tauche ab und bin in einer anderen Welt. Unter uns erstreckt sich eine wunderschöne Meereslandschaft mit moosbewachsenen Steinen, kleinen Korallen und Fischschwärmen, die an uns vorbeischwimmen. Einzelne Sonnenstrahlen dringen durch die Wasseroberfläche. Unglaublich, wie klar das Wasser hier in Côte de la Lune ist. Ganz anders, als das trübe Wasser, das ich von meinen Nordseeurlauben gewohnt bin. Neben mir schnorchelt Luisa und taucht bis zum Meeresboden. Amber und ich halten die Luft an und folgen ihr. An dieser Stelle ist das Meer noch nicht so tief und wir schaffen es mühelos bis zum Meeresgrund. Ein kleiner Krebs krabbelt vor uns entlang und will uns mit seinen Scheren verscheuchen. Wir tauchen noch weiter ins Meer hinaus. Je weiter wir uns von dem Strand entfernen, desto farbenfroher wird die Unterwasserwelt. Wir begegnen Fischen mit schimmernden Schwanzflossen und ab und zu sehen wir sogar einen Seeigel oder einen Seestern. Ich bin noch nie in so einem schönen Meer getaucht. Irgendwann wird es Amber und Luisa zu kalt und sie schwimmen wieder zurück zum Strand. Meine Finger sind mittlerweile zwar auch schon schrumpelig, aber es macht mir so viel Spaß, dass ich noch nicht aufhören will, also schwimme ich weiter. Und ich kann einfach nicht genug von der Unterwasserwelt kriegen. Fast komme ich mir vor wie eine Meerjungfrau, die das Meer erkundet. Während ich so durch das Wasser schwimme, verliere ich jegliches Zeitgefühl. Mit großen Zügen schwimme ich immer weiter weg von der Küste. Vor mir ragen die Felsen in die Höhe. Zwischen den Klippen entdecke ich eine kleine Bucht. Ohne dass ich es gemerkt habe, hat mich das Tauchen ziemlich erschöpft. Also schwimme ich die letzten Meter bis zu den Felsen und klettere aus dem Wasser. Ich ringe meine nassen Haare aus. Die Sonne wärmt mich und trocknet die Wassertropfen auf meiner Haut. Erst jetzt merke ich, wie weit ich geschwommen bin. Die Menschen am Strand sind kaum noch zu erkennen.

Wellen schlagen gegen den Felsen. Es zieht wahrscheinlich ein kleiner Sturm auf. Ich sollte mich schnell wieder auf den Rückweg machen. Aber das Meer wirkt schon etwas unruhiger als eben. Oder bilde ich mir das nur ein? Ich schaue mich um. Da entdecke ich einen kleinen Spalt zwischen den Felsen. Er ist zwar kaum breiter als ich selbst, aber trotzdem bin ich neugierig. Vielleicht führt dieser Weg durch die Felsen zurück bis zum Strand? Dann müsste ich nicht den weiten Weg zurückschwimmen. Einen Versuch ist es auf jeden Fall wert. Ich mache einen vorsichtigen Schritt in das ungewisse Dunkel. Zuerst ist der Spalt ganz eng und ich muss mich ducken, um mir nicht den Kopf zu stoßen. Aber nach einigen Metern wird der Gang breiter. Es ist so dunkel, dass ich nicht einmal meine Füße sehen kann. Langsam taste ich mich voran. Die Felswände fühlen sich glatt an. Ob der Gang von Menschen gemacht wurde? Oder ist das ein natürlicher Felsspalt? Die Minuten vergehen und ich habe das Gefühl, immer weiter in den Fels vorzudringen. Oh Gott, was habe ich mir hierbei eigentlich gedacht? Wenn mir irgendetwas passieren würde, dann würde mich hier drinnen niemals jemand finden. Aber egal, jetzt ist es sowieso zu spät. Der Weg neigt sich ganz leicht abwärts. Nach weiteren fünfzig Schritten stehe ich plötzlich vor einer Gabelung. Wo soll ich jetzt langgehen? Neugierig nähere ich mich dem Gang zu meiner Linken. Plötzlich überkommt mich ein ganz komisches Gefühl. Ich habe auf einmal das dringende Bedürfnis, ganz schnell und ganz weit von hier wegzukommen. Meine Beine fangen an zu zittern. Was ist denn jetzt los? Ich will weiter in den linken Gang gehen, aber mein Körper macht sich selbstständig und ich drehe mich um und folge dem rechten Weg. Es fühlt sich so an, als hätte ich für einige Sekunden die Kontrolle über meinen Körper verloren. Seltsam.

Es vergehen wieder einige Minuten, bis ich schließlich am Ende des Tunnels ein Licht sehe. Ich beschleunige meine Schritte und hoffe, dass ich den richtigen Weg gewählt habe. Der Gang wird immer heller erleuchtet und bald sehe ich den Ausgang. Ich trete aus dem Gang hinaus und werde von der Sonne geblendet. Mit meinen Händen schirme ich meine Augen ab und versuche, mich erst einmal an das helle Licht zu gewöhnen. Erst dann kann ich mich umblicken, um herauszufinden, wo ich hier überhaupt gelandet bin. Ich befinde mich auf einem Felsplateau, ganz in der Nähe vom Strand. Von hier aus hat man einen atemberaubenden Blick auf das Meer. Ein schmaler Pfad schlängelt sich durch die Sträucher und biegt dann um einen Fels. Ich folge dem Pfad und als ich mich nochmal umdrehe, ist der Felsspalt, durch den ich gekommen bin, verschwunden. Wie kann das sein?

Verdutzt bleibe ich stehen und betrachte die Felswand genauer. Beinahe wäre ich rückwärts gestolpert bei diesem Anblick. Wie erstarrt bleibe ich stehen und versuche mir alle Details der Felswand einzuprägen, damit ich mir auch wirklich sicher sein kann. Doch es besteht kein Zweifel - diese Felswand hat exakt die gleiche Form wie der Felsen auf dem Foto meiner Mutter, das ich in ihrem Tagebuch gefunden habe: mit ein bisschen Fantasie kann man eine Herzform erkennen.

Kann es wirklich sein, dass meine Mutter genau hier im Urlaub war? Ich habe das Foto nun so oft betrachtet, dass ich mir mittlerweile sicher bin: diese Felsen auf den Fotos haben exakt die gleiche Form, wie die Felsen, die ich vorhin gesehen habe. Meine Mutter muss vor 17 Jahren schon einmal hier in Côte de la Lune gewesen sein. Und wenn das wirklich stimmt, müsste dann dieses Tor, von dem meine Mutter in ihrem Tagebuch gesprochen hat, nicht auch irgendwo hier in der Nähe sein? Ich nehme mir vor, dieser Sache später auf den Grund zu gehen. Ich lege die Fotos wieder beiseite und widme mich dem kleinen Text, der in dem Tagebuch meiner Mutter steht. Was ist das für eine Abkürzung? *S.d.E.?* Warte mal, das könnte doch der gleiche Name sein, den auch der Fremde genannt hat! *Stadt der Elfen.* Das würde auch begründen, warum meine Mutter dasselbe Amulett trug, wie ich. Womöglich kennt sie den fremden Mann sogar. Ja, ich bin mir sicher, meine Mutter muss irgendwas damit zu tun haben. Aufgeregt hole ich mein Handy aus meiner Tasche und rufe meine Mutter an. Ich lasse es zehnmal klingeln, doch meine Mutter hebt nicht ab.

„Komm schon", sage ich zu mir selbst, „Geh doch mal dran!" Nervös laufe ich in dem Zimmer auf und ab. Nach einer gefühlten Ewigkeit geht immer noch niemand ans Telefon. Als die Mailbox anspringt, hinterlasse ich meiner Mutter die Nachricht, sie solle mich so schnell es geht zurückrufen. Ich seufze. Na gut, dann muss ich eben alleine herausfinden, was es mit dieser seltsamen Stadt der Elfen auf sich hat. Abermals lese ich den kleinen Tagebucheintrag meiner Mutter und hoffe, darin irgendwelche Hinweise zu finden. Nichts. Automatisch wickele ich mir eine Haarsträhne um den Finger, so wie immer, wenn ich nervös bin. Wo ist bloß diese rausgerissene Tagebuchseite? Und wer ist diese zweite Frau auf dem Foto? Ihre Gesichtszüge kommen mir so vertraut vor, aber ich komme einfach nicht auf den Namen. Sieht so aus, als müsste ich auf dieser Klassenfahrt einige Rätsel lösen.

Ich zögere kurz, bevor ich an die Tür klopfe. Es dauert einige Sekunden, bis sie sich öffnet. Leider ist es nicht Rafaël, der dahinter zum Vorschein kommt, sondern die strenge Dame, die am Tag unserer Ankunft mit Frau Aries geredet hat. Genau wie gestern trägt sie hohe Absatzschuhe und auf ihren Lippen hat sie einen knallroten Lippenstift aufgetragen. Mit hochgezogen, perfekt gezupften Augenbrauen betrachtet sie mich kritisch. Unter ihrem strengen Blick bekomme ich sofort das Gefühl, etwas falsch gemacht zu haben, dabei habe ich nur an die Tür von der Küche geklopft.

„Wie kann isch Ihnen helfen?" fragt sie mit einem sehr starken französischen Akzent.

„Ähm...ich..." Kurz vergesse ich, warum ich eigentlich hier bin. Dann fällt es mir wieder ein. „Ich wollte fragen, ob Rafaël da ist."

Die Frau mustert mich erneut. „Meinen Sie Monsieur Laurent?" Ihre Stimme klingt so, als wäre sie sehr genervt von mir.

„Ähm, ja, genau den meine ich." Ich habe keine Ahnung, wie Rafaël mit Nachnamen heißt, aber ich gehe mal davon aus, dass es hier nicht allzu viele mit diesem Vornamen gibt.

„Na gut, dann folgen Sie mir." Sie dreht sich um und stöckelt durch die Küche. Ich habe Mühe, mit ihr Schritt zu halten, so schnell stolziert sie voran. Überall stehen Töpfe in unterschiedlichen Größen und Formen und auf dem Herd brutzelt etwas in einer Pfanne.

„Monsieur Laurent bereitet gerade den Nachtisch vor. Er wird also nicht viel Zeit haben." Sie führt mich in den angrenzenden Raum und auch hier stehen überall Töpfe, Pfannen und Besteck. An der Wand ist ein riesiges Regal, gefüllt mit allen möglichen Gewürzen. Rafaël summt ein Lied vor sich hin und bemerkt gar nicht, dass wir da sind. Er scheint vertieft in seine Arbeit zu sein. Die Stöckelschuhdame (wie ich sie jetzt aufgrund ihrer riesigen Absatzschuhe getauft habe) dreht sich um und verlässt den Raum. Zögerlich gehe ich zu Rafaël. Als ich neben ihm stehe, blickt er auf und schaut mich überrascht an.

„Entschuldigung, ich wollte dich nicht erschrecken." sage ich schnell, „Und wenn du gerade zu viel zu tun hast, kann ich auch gerne wieder gehen. Ich wollte dich nicht stör-"

„Nein, nein, du störst mich nicht!" unterbricht mich Rafaël. „Ich war nur so in meine Arbeit versunken, dass ich gar nicht mitbekommen habe, wie du gekommen bist."

„Die Stöckelschuhdame hat mich hergeführt." sage ich und beiße mir gleich darauf auf die Zunge. Es ist wahrscheinlich ziemlich unpassend, sie vor ihm so zu nennen, da sie sicherlich seine Chefin ist. Doch Rafaël lacht nur. Und bekommt dabei wieder diese süßen Lachgrübchen in der Wange.

„Du meinst Madame Dubois?" fragt er grinsend.

„Heißt sie so?"

„Ja, aber Stöckelschuhdame ist auch ziemlich passend."

Ich zucke mit den Schultern und beuge mich über die Schüssel, in der er gerade mit den Händen einen Teig knetet.

„Was wird das?" frage ich neugierig. Es duftet bereits himmlisch nach geschmolzener Schokolade.

„Das werden nur ein paar einfache Nougat-Éclairs. Du kannst mir gerne helfen, wenn du möchtest."

„Ja, gerne. Backen entspannt mich immer." antworte ich.

„Mich auch." Er füllt den Teig in einen großen Spritzbeutel mit Sternentülle und reicht ihn mir, dann holt er ein Backblech und stellt es vor mir auf der Arbeitsfläche ab.

„Was soll ich jetzt damit machen?" frage ich ihn.

„Du musst damit ungefähr 5 cm lange Streifen spritzen." sagt er. „Guck, ungefähr so." Er greift nach meinem Handgelenk und führt es so, dass ein perfekter Streifen auf dem Blech liegt. „Das kannst du jetzt so lange machen, bis der Teig aufgebraucht ist." Ich nicke und fahre damit fort, Streifen auf das Backblech zu spritzen, während Rafaël den Ofen vorheizt. Meine Streifen sind zwar etwas wackeliger als der von Rafaël, aber ich finde, sie sehen trotzdem akzeptabel aus. Als ich fertig bin und zwei ganze Bleche voller Teigstreifen sind, nehme ich einen Löffel und lecke den restlichen Teig ab.

„Man muss wenigstens den Teig probieren." sage ich und zucke unschuldig mit den Schultern.

„Das ist absolut richtig." sagt Rafaël lachend und schiebt die Bleche in den Ofen. „So, die Éclairs müssen jetzt ungefähr 15 Minuten backen." Mit dem Handrücken streicht er sich eine Locke aus dem Gesicht und lehnt sich dann gegen die Arbeitsplatte, während er mich mit seinen karamellfarbenen Augen beobachtet. Schließlich fragt er: „Wieso bist du eigentlich hergekommen, Amelie?"

Achso, ja, das hatte ich fast vergessen. Ich räuspere mich.

„Naja, ich brauche jemanden, der sich hier in der Gegend auskennt. Ich wollte dich fragen, ob du vielleicht schon mal etwas von der Stadt der Elfen gehört hast."

„Stadt der Elfen?" fragt er verwundert.

Ich nicke eifrig. Rafaël betrachtet mich nachdenklich. Weiß er etwa, wo sie sich befindet?

„Nein, tut mir leid, davon hab ich noch nie gehört. Wie kommst du darauf?"

Schade.

„Naja, ein Mann hat mich letztens darauf angesprochen, doch ich konnte weder per Google eine passende Antwort finden, noch bin ich in der Bibliothek fündig geworden. Ich dachte, jemand der hier wohnt, hat vielleicht schonmal davon gehört." sage ich.

Rafaël nickt verständnisvoll. „Tut mir leid, aber eigentlich wohne ich auch gar nicht hier." antwortet er.

„Nicht?"

„Nein, ich bin letztes Jahr nach Paris gezogen, um eine Ausbildung zum Konditor anzufangen. Ich bin nur aufgrund meines Praktikums für 2 Monate hier."

„Oh." sage ich. „Wie alt bist du eigentlich?"

Er lacht. „Noch nicht *so* alt. Als ich nach Paris gezogen bin, war ich sechzehn. Jetzt bin ich siebzehn. Und du?"

„Übermorgen werde ich sechzehn." antworte ich.

Das Schrillen der Eieruhr lässt mich hochschrecken.

„Die Éclairs sind fertig." stellt Rafaël fest und zieht sich Handschuhe über. Er holt die duftenden Backbleche aus dem Ofen und stellt sie auf den Tisch. Nachdem sie abgekühlt sind, streichen wir sie mit einer köstlichen Nougat-Creme ein, die Rafaël zuvor schon vorbereitet hat.

„Et voilà." sagt Rafaël und reicht mir ein Éclair zum Probieren.

„Köstlich!" sage ich und recke den Daumen nach oben.

„Gut, dass es dir schmeckt. Ich hatte auch eine wirklich gute Assistentin." Er lächelt mich an.

„Tut mir echt leid, dass ich dir bei deiner Frage nicht weiterhelfen konnte." sagt er noch einmal.

„Kein Problem, wirklich. Es war trotzdem ein sehr schöner Nachmittag. Und vielen Dank nochmal für die leckeren Éclairs." sage ich und umarme ihn zum Abschied. Dann schnappe ich mir noch ein letztes Éclair vom Blech und mache mich wieder auf den Weg in mein Zimmer.

„Guten Morgen, Leute! Wollen wir heute etwas zusammen unternehmen?" Joschua setzt sich mit seinem Teller neben uns an den Frühstückstisch.

„Sorry, aber Luisa und ich haben schon was geplant." sagt Amber.

„Oh ok. Was denn?"

„Das ist leider Top Secret." antwortet Luisa.

„Mach dir nichts draus, mir wollen sie es auch nicht verraten." sage ich zu Joschua. Obwohl ich schon sehr neugierig bin, was die beiden da geplant haben. Normalerweise plappert Luisa Geheimnisse sofort aus.

„Das heißt, du machst bei diesem Top Secret Projekt nicht mit? Hast du Zeit, mit mir etwas zu unternehmen?" fragt Joschua hoffungsvoll.

„Tut mir leid, aber ich habe auch schon eine Verabredung." Genauer gesagt, treffe ich mich heute Nachmittag mit Alessia und darauf freue ich mich schon sehr.

Plötzlich setzt sich ein Junge auf den Platz gegenüber von mir. Es ist der mysteriöse, schwarzhaarige Junge, den ich gestern Abend schon gesehen habe. Da er nicht zu unserer Klasse gehört und sonst keine anderen Schüler hier sind, muss er wohl hier wohnen. Oder er arbeitet auch als Aushilfe hier, so wie Rafaël. Der Junge nickt uns kurz zu und beugt sich dann über seinen Teller, um sein Frühstück zu essen. Dabei kommt eine Kette zum Vorschein. Überrascht halte ich die Luft an und beuge mich unauffällig über den Tisch, damit ich die Kette näher betrachten kann. Das gibt's doch nicht! Er hat auch ein Amulett! Nur seines ist blau, genauso leuchtend blau wie das Meer. Automatisch greife ich mit meiner Hand nach meinem eigenen Amulett, um es zu betrachten. Doch meine Hand fasst ins Leere. Alarmiert taste ich meinen Hals ab, wo das Amulett eigentlich hängen sollte. Doch es ist nicht mehr da. Habe ich es verloren?!

Panisch durchsuche ich alle meine Hosentaschen, doch ohne Erfolg. Wo könnte ich das Amulett liegen gelassen haben? *Denk nach, Amelie!* Dann fällt es mir wieder ein: Ich habe es gestern abgelegt, als wir schwimmen gegangen sind! Es muss also noch irgendwo am Strand liegen.

Gleich nach dem Frühstück mache ich mich auf den Weg dorthin. Ich hoffe, dass ich das Amulett hier irgendwo finden werde. Das letzte Stück bis zum Strand renne ich. Da es relativ früh am Morgen ist, sind noch nicht viele Leute da, ich habe also eine gute Chance, das Amulett zu finden. Ich suche den ungefähren Platz, an dem wir gestern gelegen haben. Mit den Händen wühle ich durch den Sand und suche den gesamten Strand ab, aber das Amulett ist unauffindbar. Ungefähr eine halbe Stunde später gebe ich erschöpft auf. Ich seufze und klopfe meine Klamotten aus, die nun voller Sand sind. Ich fürchte, ich muss meine Suche zu einem anderen Zeitpunkt fortsetzen, denn nun ist der Strand schon deutlich voller. Neben mir breitet eine Frau eine Picknickdecke aus, während ihre beiden Kinder ins Meer rennen und fröhlich im Wasser planschen. Ich beobachte die anderen Menschen am Strand. An den Felsen entdecke ich ein bekanntes Gesicht: es ist Gianno. Er hat schon wieder so einen kleinen Zettel in der Hand und sieht aus, als würde er etwas zwischen den Felsen suchen. Da ich sowieso eine kurze Verschnaufpause brauche, gehe ich zu ihm. Er sieht mich erst, als ich schon fast bei ihm bin. Diesmal kann er den Zettel nicht schnell genug wegstecken. Bevor er ihn in seine Hosentasche steckt, erhasche ich einen kurzen Blick auf den Zettel und werde sofort misstrauisch. Denn diese verschnörkelte Handschrift würde ich selbst unter hundert anderen erkennen.

„Hey, das ist die rausgerissene Seite aus dem Tagebuch meiner Mutter! Was hast du damit vor?" sage ich verblüfft. Jetzt bin ich komplett verwirrt. War es etwa Gianno, der die Seite aus dem Tagebuch herausgerissen hat?

„Ich habe auch noch etwas anderes, das vermutlich dir gehört." sagt er und verzieht seinen Mund zu einem Grinsen.

Während ich noch überlege, was er damit meint, zieht er aus seiner Hosentasche: *mein Amulett!*

Kapitel 5

„Mein Amulett! Wo hast du es gefunden?" Ich strecke meine Hände nach dem Amulett aus und will es nehmen, aber Gianno hält es so hoch, dass ich nicht drankomme.

„Ich habe es nicht gefunden, sondern ich habe es mir genommen, als du gestern schwimmen warst. Und ich gebe es dir auch bestimmt nicht wieder, es gehört nämlich ab jetzt mir." sagt er und grinst dabei selbstgefällig.

„Aber-... Du? Warum?" stammele ich. Er hat es mir *geklaut*? Aber wieso?

„Ja, das hättest du nicht von mir erwartet, nicht wahr? Ich bin ja auch normalerweise ein netter Kerl. Aber als ich dich am Montag mit dem Amulett gesehen habe, wusste ich gleich, was für ein besonderes Amulett das ist. Schließlich beschäftige ich mich schon viele Jahre mit der Stadt der Elfen."

Die Stadt der Elfen. Also habe ich richtig gelegen mit der Vermutung, dass sie etwas mit dem Amulett zu tun hat. Aber woher weiß Gianno von der Stadt der Elfen?

„Also gibt es die Stadt der Elfen wirklich?" frage ich ungläubig.

„Natürlich gibt es sie. Siehst du, du kennst dich noch nicht einmal richtig damit aus. Wieso hat dann dieser fremde Mann, von dem du erzählt hast, ausgerechnet dir das Amulett gegeben?" Er schaut mich neugierig an.

„Ich weiß es nicht", antworte ich wahrheitsgemäß, „Aber er wird schon wissen, warum er es mir gegeben hat und deswegen will ich jetzt auf der Stelle mein Amulett wiederhaben!"

Gianno lacht jedoch nur.

„Nein, Nein. Ich war noch nie so nah an meinem Ziel und werde jetzt bestimmt nicht meine einzige Hoffnung wieder abgeben. Aber wenn du einmal hier bist, kannst du mir gerne helfen, dieses Tor zur Stadt der Elfen zu finden. Ich muss schon zugeben, es ist ziemlich gut versteckt."

Er tastet mit seinen großen Händen die Felswände ab, als hofft er, irgendeinen geheimen Gang zu finden. Mein Amulett hat er wieder in seine Hosentasche gesteckt und somit habe ich so gut wie keine Chance, an es ranzukommen. In meinem Kopf rattert es. So ganz habe ich den Zusammenhang noch nicht verstanden. Gedanklich sortiere ich alle Hinweise, die ich habe. Also, die Stadt der Elfen existiert wirklich (soweit man Gianno glauben kann) und das Tor, von dem meine Mutter in ihrem Tagebuch geschrieben hat, ist wahrscheinlich irgendwo hier in der Nähe.

„Was ist überhaupt diese Stadt der Elfen?" frage ich Gianno, um ihn abzulenken. Ich bezweifle zwar, dass es hier wirklich so etwas wie einen geheimen Eingang gibt, aber falls doch, darf Gianno ihn unter keinen Umständen finden.

„Du weißt ja wirklich gar nichts. Dabei dachte ich, dass du eigentlich ein schlaues Mädchen bist." Da er meine Frage nicht weiter beantwortet, versuche ich es mit der nächsten:

„Und was hat es nun mit diesem Amulett auf sich?"

Ja, es hat geklappt! Er dreht sich zu mir um und hört auf, den Felsen abzusuchen.

„Es gibt nur sieben Stück davon und jeder, der ein Amulett besitzt, hat Zugang zur Stadt der Elfen."

Aha, genau das hatte auch der fremde Mann gesagt: *die siebte Trägerin eines Amuletts*. Okay, nun kommen wir der Sache schon näher. Anscheinend ist das Amulett also eine Art Schlüssel für das geheime Tor. Bleibt nur noch die Frage, wo dieses Tor ist. Die einzige Möglichkeit, das herauszufinden ist, dass ich den Zettel von Gianno zurückklaue und das Rätsel selber löse. Ich überlege, wie ich an den Zettel rankommen kann. Das Amulett wäre zwar wichtiger, aber es ist im Moment außerhalb meiner Reichweite. Ich muss es ihm irgendwie später wegnehmen. Jetzt konzentriere ich mich erst einmal auf den Zettel.

Ausgerechnet dann, wenn man mal einen ausgeklügelten Plan braucht, fällt einem natürlich keiner ein... Angestrengt denke ich nach. Ich muss Gianno irgendwie ablenken... aber wie? Am besten frage ich ihn weiterhin über diese Stadt der Elfen aus.

„Woher kennst du eigentlich diese Stadt der Elfen?" frage ich ihn. Mit einem empörten Schnauben dreht er sich zu mir um.

„Siehst du. Du bist nicht würdig, ein Amulett zu tragen! Seit Jahren forsche ich schon über die Stadt der Elfen. Du weißt noch gar nichts. Und trotzdem hat dieser Mann *dir* das Amulett gegeben, obwohl ich eindeutig die bessere Wahl gewesen wäre. Ich versuche schon seit Ewigkeiten in die Stadt der Elfen zu gelangen." Er deutet auf die herausgerissene Seite in seiner rechten Hand. „Dieser Zettel hat mir endlich einen Hinweis über die Stadt der Elfen gegeben und nun werde ich das Tor finden und dann werde ich beweisen, dass ich es viel mehr verdient habe, ein Amulett zu tragen!"

Er fuchtelt wild mit der Tagebuchseite in der Hand in der Luft herum. Das ist die Gelegenheit, auf die ich gewartet habe. Ich schnelle vor und reiße ihm den Zettel aus der Hand, ehe er reagieren kann. Dann drehe ich mich auf dem Absatz um und renne so schnell ich kann weg. Geschickt weiche ich den anderen Badegästen aus und schlängele mich zwischen den ganzen Strandkörben, Sonnenschirmen und Picknickdecken hindurch, bis ich schließlich auf die Kopfsteinpflasterstraße gelange, die zur Jugendherberge führt. Ich renne weiter, bis ich die Jugendherberge sehe. Erst dann verlangsame ich meine Schritte und schaue hinter mich. Kein Gianno. Anscheinend ist er mir nicht gefolgt. Wozu auch? Wahrscheinlich kann er den Hinweis längst auswendig und es ist nur eine Frage der Zeit, bis er das Tor findet. Und da er nun mein Amulett hat, steht ihm kein Hindernis mehr im Weg und er kann ganz einfach durch das Tor spazieren. Auch wenn ich noch immer keine Ahnung habe, was diese Stadt der Elfen ist, weiß ich, dass ich Gianno aufhalten muss. Ich muss das Rätsel so schnell wie möglich lösen und dann selbst in die Stadt der Elfen. Eine andere Möglichkeit gibt es nicht. Ich muss mein Amulett wiederhaben. Der Fremde hat es mir aus irgendeinem Grund gegeben und auch wenn ich diesen Grund nicht kenne, will ich jetzt endlich wissen, was ich mit dieser Stadt der Elfen zu tun habe. Neugierigkeit ist schon immer eine ausgeprägte Charaktereigenschaft von mir gewesen. Ich brauche unbedingt Antworten auf die vielen Fragen, die in meinem Kopf rumschwirren.

Und ich kann nicht abwarten, ob der fremde Mann irgendwann wiederkommt und mir alles erklärt, denn wahrscheinlich hat Gianno bis dahin das Tor schon längst gefunden. Oder gibt es eine andere Möglichkeit? Ich muss definitiv noch einmal versuchen, meine Mutter zu erreichen. Sie könnte mir alles erklären und dann kann ich mir das ganze Rätselraten sparen. Ich drücke die Türklinke meines Zimmers runter. Nicht abgeschlossen. Die Türen hier in der Jugendherberge sind nie abgeschlossen. Für Gianno muss es ein Leichtes gewesen sein, in mein Zimmer zu gehen und die Tagebuchseite rauszureißen, während ich weg war. Ich setze mich auf mein Bett und versuche meine Mutter anzurufen. Auf meine Nachrichten von gestern hat sie auch noch nicht reagiert, wahrscheinlich sind sie noch nicht einmal angekommen. Als ich versuche, sie anzurufen, geht wieder nur die Mailbox an. Nach dem dritten Versuch gebe ich auf. Dann muss ich wohl doch das Rätsel alleine lösen. Ich hole die Tagebuchseite aus meiner Hosentasche und falte sie auseinander. Der Zettel ist zerknittert und die untere rechte Ecke ist abgerissen. Ich kann nur hoffen, dass kein wichtiger Hinweis fehlt. Ich streiche die Seite mit der Handfläche glatt und betrachte die verschnörkelte Schrift meiner Mutter. Anhand der schwarzen Tinte erkenne ich, dass dieses Exemplar ausgedruckt ist. Ich seufze. Gianno muss den Text schon kopiert haben. Kein Wunder, dass er mir nicht gefolgt ist und nicht mal ansatzweise versucht hat, mich zu stoppen, als ich ihm den Zettel entwendet habe. Jetzt habe ich noch mehr Zeitdruck, das Rätsel zu lösen, denn Gianno ist mir schon weit voraus.

Mitten in einem magischEn Wald, gab es eine LichtUng, auf der ein großer Baum stand. Seine Krone ragte weit über die anDeren hinaus und sEine Blätter leuchteten prachtVoll im Sonnenlicht. In der Nähe dieses BauMes lebten einst außergewöhnliche WesEn. Sie waren kaum größer als ein halber Meter und auf dem Kopf tRugen sie leuchtende Kappen...

Ich lese den Text mehrmals durch und versuche irgendwelche versteckten Hinweise zu finden. *Das* soll das Rätsel sein? Aber was hat das überhaupt mit der Stadt der Elfen zu tun? Und wie soll mir dieser kleine Text helfen, das Tor zu finden? Ich muss irgendetwas überlesen haben. Abermals lese ich den Text. Und noch einmal. Ich finde einfach keine nützlichen Hinweise. *Leuchtende Kappen auf dem Kopf...* Irgendetwas klingelt bei mir bei diesem Satz. Irgendwo muss ich ihn schonmal gelesen haben. Aber wo?

Kapitel 6

Die Absätze meiner Schuhe klackern auf den Pflastern, als ich die Straße hinunterrenne. Keuchend bleibe ich vor dem kleinen Haus stehen, das ganz unscheinbar zwischen zwei Cafés eingequetscht ist. Ohne noch länger zu warten, betrete ich die Bibliothek. Schließlich habe ich nicht viel Zeit, um das Rätsel zu lösen. Als ich eintrete, ertönt wieder das kleine Glöckchen. Ich steige die Wendeltreppe hinauf in die obere Etage und suche zielstrebig nach dem einen Buch aus dem Regal. Dadurch, dass die Bücher nach Farben sortiert sind, dauert es nicht lange, bis ich es finde. Mit dem Daumen streiche ich über den dunkelroten Einband mit der goldenen Schrift. Ich lasse mich auf den grünen Ohrensessel neben dem Kamin fallen und blättere vorsichtig durch die vergilbten Seiten, bis ich bei dem Kapitel ankomme, das ich gesucht habe. Aha, ich habe mich also nicht geirrt! Der Text von der Tagebuchseite ist der Anfang einer Sage in dem Buch *Mythen und Sagen der Region*, in dem ich gestern gelesen habe. Die Sage hat die Überschrift *Die Wächter des Waldes*. Bestimmt finde ich darin die Lösung des Rätsels! Doch nachdem ich die Sage zweimal gründlich durchgelesen habe, ist meine anfängliche Hoffnung auch schon wieder verflogen. Die Sage handelt von kleinen Wesen, die anscheinend einen magischen Baum mit magischen Beeren bewachen. Wie soll mir das jetzt weiterhelfen? Ich kann darin keinen einzigen Hinweis auf die Stadt der Elfen finden. Abermals lese ich die komplette Sage durch. Hab ich irgendeinen versteckten Hinweis übersehen? Ich grübele weiter vor mich hin und wickele eine Haarsträhne um meinen Finger. Auf einmal kommt mir ein Einfall: Was, wenn der Hinweis gar nicht in der Sage ist, sondern in dem kleinen Textausschnitt auf dem Zettel? Ich hole das zerknitterte Stück Papier aus meiner Tasche und lese den Text noch einmal ganz aufmerksam durch. Mit der flachen Hand klatsche ich mir auf die Stirn. Wie hatte ich *das* übersehen können? Im Text sind einige Großbuchstaben mitten in den Wörtern! Ich suche alle Großbuchstaben aus dem Text zusammen.

EUDEVMER

Hä??? Was soll das denn sein? Aus meiner Tasche hole ich ein weiteres Blatt Papier und reiße es in 8 Schnipsel. Dann schreibe ich die einzelnen Buchstaben darauf. Aber egal wie ich sie vertausche und welche Kombinationen ich ausprobiere, es kommt kein sinnvolles Wort heraus. Hab ich einen Buchstaben übersehen? Ich lese den Text noch einmal, kann aber keinen weiteren Großbuchstaben finden. Ich seufze. Aber ich werde jetzt ganz bestimmt nicht aufgeben! Ich werde dieses Rätsel schon noch lösen! Das Problem ist nur, dass ich unter Zeitdruck stehe, da Gianno das Rätsel wahrscheinlich schon längst gelöst hat. Aber vielleicht ist er ja auf eine falsche Spur geraten? Nein, darauf kann ich mich nicht verlassen. Ich muss das Rätsel selber lösen, je früher umso besser. Entschlossen wende ich mich wieder den Buchstaben zu. VERMEUDE? REUE DEM V? REDE UM EV? DER EUVEM?

Ne, das macht irgendwie alles keinen Sinn.

Ich beschließe, dass es besser ist, in meinem Zimmer in der Jugendherberge weiter zu grübeln, schnappe mir das Buch und meine Tasche und gehe wieder in die untere Etage der Bibliothek. Die Bibliothekarin sitzt auf ihrem Stuhl hinter dem Schreibtisch und tippt etwas in ihren

Computer ein. Als sie mich sieht, schaut sie auf und lächelt mich freundlich an.

„Wie kann ich dir helfen, meine Liebe?"

„Ähm, ich würde gerne dieses Buch hier ausleihen." Sie setzt ihre Lesebrille, die mit einem Band um ihren Hals befestigt ist, auf und ich reiche ihr das Buch.

„Oh ja, *Mythen und Sagen der Region*, ein wahrlich feines Buch hast du dir da ausgesucht, meine Liebe." Ich beobachte sie dabei, wie sie einen großen Stempel aus einer Schreibtischschublade holt und dann die Innenseite des Buches abstempelt. Sie lächelt mich über ihre Brille hinweg an und als sie mir das Buch wiedergibt, sagt sie: „Ich muss schon sagen, dieses Buch wird in letzter Zeit erstaunlich oft ausgeliehen. Erst am Montag hat es ein Herr ausgeborgt. Kurz vor Ladenschluss kam er reingestürmt und sagte, er müsse noch ganz dringend ein Buch ausleihen." Sie lacht wieder und nimmt ihre Brille ab. Als sie sieht, wie angespannt ich dastehe, fügt sie hinzu: „Ist alles in Ordnung, meine Liebe? Du siehst ja auf einmal ganz blass aus."

„Ja, ja, alles bestens." versichere ich ihr. „Wissen Sie zufällig noch, wie dieser Mann aussah? Vielleicht mittleres Alter, kräftigere Statur und eine Glatze?"

Sie überlegt kurz und antwortet dann: „Ja, jetzt wo du es sagst, erinnere ich mich wieder. Genau, er hatte eine Glatze. Aber er hat das Buch schon am nächsten Tag zurückgebracht. Er sagte, er musste nur schnell etwas nachlesen." Sie nickt wieder und lächelt mich dann an.

„Kann ich dir noch irgendwie helfen, meine Liebe?"

„Nein, vielen Dank." Ich lächele höflich zurück. „Ich wünsche Ihnen noch einen schönen Tag!" Während ich zurück zur Jugendherberge laufe, denke ich weiter über das Rätsel nach. Gianno hat also auch dieses Buch ausgeliehen. Das bedeutet, ich bin wahrscheinlich auf der richtigen Spur. Aber wie hat er so schnell herausgefunden, was die Buchstaben bedeuten?

Als ich in meinem Zimmer ankomme, ist weder Amber noch Luisa da. Wo sind die beiden bloß? Ach ja, das ist ja *Top-Secret*. Auch wenn ich bestimmt zehnmal nachgefragt habe, sie wollten mir partout nicht sagen, was sie heute vorhaben. Vor allem ohne mich? Nicht, dass ich immer bei allem dabei sein muss, aber ich hätte schon gedacht, dass wir heute etwas gemeinsam unternehmen würden. Naja, wenigstens kann ich mich dadurch in Ruhe auf das Rätsel konzentrieren. Ich hole die Papierschnipsel mit den Buchstaben aus meiner Tasche und lege sie vor mir auf den Boden. Steckt ein bestimmtes Muster dahinter? So wie bei diesen Logikaufgaben in Mathe, wo man herausfinden muss, welche Zahl als nächstes kommen würde? Ich ordne die Buchstaben nach dem Alphabet.

DEEEMRUV

Nein, das kann auch nicht richtig sein.

Ich laufe in meinem Raum auf und ab, während ich weiter überlege. Ohne dass ich es merke, vergeht eine weitere halbe Stunde. Erschrocken stelle ich fest, dass es schon 14:15 Uhr ist. In fünfzehn Minuten bin ich mit Alessia verabredet! Ich packe meine Sachen zusammen – vielleicht kann mir Alessia ja bei dem Rätsel helfen – und mache mich auf den Weg.

Das Tierheim, in dem sie arbeitet, liegt am Rand von Côte de la Lune. Hinter dem Gebäude ist eine riesige Wiese, die mit einem Zaun begrenzt ist. Mehrere Hunde toben auf der Wiese herum, doch Alessia ist nicht dabei, also schaue ich drinnen nach ihr. Von innen wurde das Tierheim wahnsinnig liebevoll eingerichtet. An der Wand über der Rezeption hängen eingerahmte Bilder und Zeichnungen, welche Kinder von ihren Lieblingstieren gemalt haben. Doch komischerweise sehe ich nirgendswo einen Mitarbeiter oder eine Mitarbeiterin. Ich biege in einen langen Gang ein, an dem rechts und links kleine Gehege für die Tiere sind. Ich komme an den verschiedensten Käfigen vorbei: Rechts von mir fliegen zwei Aras. Auf der anderen Seite ist ein Katzenbaum und die Besitzerin stolziert anmutig an den Gitterstäben vorbei und miaut mich an. Ich gehe in die Hocke und streichele ihr weißes, kuscheliges Fell. Sie schnurrt und dreht sich auf den Rücken, so dass ich ihren grauen Bauch streicheln kann. Neben dem Raum ist ein kleines Schildchen angebracht, an dem steht:

Birmakatze

Lucy

geb. 12.01.21

Ich kraule Lucy unter dem Kinn und sie schnurrt wieder, bevor sie sich auf den Bauch dreht und mich durch ihre großen, blauen Augen treuherzig anschaut.

„Tut mir leid, Lucy, aber ich muss jetzt weiter nach meiner Freundin suchen." Als Antwort miaut Lucy, als ob sie damit nicht einverstanden wäre. Trotzdem stehe ich auf und gehe weiter den Gang entlang, in der Hoffnung, in irgendeinem Gehege Alessia zu finden. Am Ende des Ganges ist ein riesiges Aquarium, in dem unzählige Fische schwimmen. Ein kleiner Krebs verzieht sich wieder in sein Versteck und an der Scheibe klebt ein Seestern. Eine Mitarbeiterin füttert gerade die Schildkröten, aber es ist nicht Alessia. Ich wende mich ab und gehe durch eine Doppeltür zu meiner Linken in den nächsten Gang. Hier befinden sich ganz viele Hunde. Von Dalmatiner bis zu Chihuahua, Berner Sennenhund und Französischer Bulldogge ist alles dabei. In der allerletzten Zelle des Ganges finde ich Alessia. Sie spielt mit einem jungen Hund. Das kleine Schild neben der Zelle verrät mir, dass es ein Australian Shepherd ist.

„Oh hallo! Ich bin gleich fertig, ich muss nur noch schnell den kleinen Jack rausbringen." sagt sie, als sie mich sieht. „Komm ruhig rein, Jack ist ein ganz Lieber."

Als ich die Tür öffne und eintrete, weicht Jack zurück und versteckt sich hinter Alessia.

„Ja, er ist immer ein bisschen schüchtern, wenn er neue Leute kennenlernt, aber warte nur ab. In 10 Minuten wirst du ihn nicht mehr los." Alessia streichelt den kleinen Australian Shepherd liebevoll am Kopf. „Wenn du möchtest, kannst du mir kurz helfen, seine Leine anzuziehen." sagt sie.

„Ja, gerne." Sie reicht mir eine orangefarbene Leine und erklärt mir, wie ich sie anlegen soll. Während ich versuche, Jack die Leine um den Hals zu legen, beäugt mich der Kleine kritisch.

„Wow, er hat ja zwei unterschiedlich farbige Augen!" stelle ich fest.

Alessia nickt und flüstert Jack ins Ohr: „Siehst du, sie findet deine Augen auch sehr schön. Du musst keine Angst vor ihr haben."

Jack legt den Kopf schief und seine Augen - ein Braunes und ein Blaues - schauen mich prüfend an. Dann, als ob er verstanden hat, was Alessia zu ihm gesagt hat, macht er zwei mutige Schritte nach vorne und lässt sich ganz brav von mir die Leine anlegen. Alessia lobt ihn und gibt ihm dafür ein Leckerli.

„So, und jetzt kannst du raus auf die Wiese und mit deinen Freunden spielen." sagt Alessia, woraufhin Jack aufgeregt mit dem Schwanz wedelt. Alessia öffnet das Tor und wir gehen nach draußen in den Hof. Sobald die anderen Hunde Alessia erblicken, rennen sie auf sie zu und begrüßen sie so stürmisch, dass Alessia ins Gras fällt und lachend eine riesige Deutsche Dogge von ihrem Schoß schiebt. Die Hunde wollen sich alle von ihr streicheln lassen und lecken ihr Gesicht ab.

„Du scheinst ja wirklich sehr beliebt bei den Hunden zu sein." sage ich schmunzelnd.

„Ja, das kann man wohl so sagen. Aber genau deswegen liebe ich die Arbeit hier auch so sehr!" Sie steht auf und erlöst Jack endlich von seiner Leine. Er rennt sofort los und tobt mit den anderen Hunden auf der Wiese herum. Wir stehen noch eine Weile da und beobachten die Hunde beim Spielen. Dann dreht sich Alessia um und hängt Jack's Leine an einen Haken. Ihre dunkelbraunen Haare, die von den Hunden total zerzaust wurden, bindet sie in einem tiefen Pferdeschwanz zusammen. Sie öffnet das große eiserne Tor und wir gehen auf die Straße.

„Ich habe gedacht, wir könnten uns vielleicht in ein Café setzen." schlägt sie vor.

„Ja, das ist eine gute Idee. Ich habe seit heute Morgen nichts mehr gegessen." sage ich.

Das Café liegt nur eine Straße vom Tierheim entfernt. Vor dem Eingang steht ein Schild *Open – Ouvert – Geöffnet.* Wir treten ein und setzen uns an einen der runden Tische. Das ganze Café ist in rosa und weiß dekoriert und an der hinteren Wand ist ein übergroßes Bild eines Cupcakes.

„Oh wow, das sieht aus wie ein wahrgewordener Kindheitstraum." sage ich. Trotz des vielen Weiß und Rosa sieht es nicht unbedingt kitschig aus. Amber würde es lieben.

„Ja, Tante Madelaine hat sich sehr viel Mühe bei der Renovierung gegeben." sagt Alessia.

„Deine Tante arbeitet hier?"

„Nein, eigentlich ist sie nicht meine Tante, aber ich kenne sie schon seit Ewigkeiten. Du wirst sie auch mögen, sie ist der liebenswürdigste Mensch, den ich kenne."

Tante Madelaine ist genauso, wie ich sie mir vorgestellt habe: eine rundliche Frau mit einer rosa Schürze und *sehr* viel Rouge auf den Wangen. Bevor sie unsere Bestellung aufnimmt, umarmt sie mich und Alessia. Sie duftet nach Vanillezucker und Schokomuffins.

„Es ist so schön, dich mal wieder zu sehen, Alessia! Meine Güte, bist du groß geworden. Du solltest definitiv öfters vorbeikommen." sagt Tante Madelaine. „Was darf ich euch denn bringen?"

Alessia bestellt ein französisches Dessert, das ich nicht kenne, aber da ich mich mal wieder nicht entscheiden kann, bestelle ich einfach das Gleiche wie Alessia und dazu noch eine Tasse heiße Schokolade. Ein paar Minuten später kommt Tante Madelaine mit zwei Tellern von diesem *Gâteau pétites* und einer Tasse heißer Schokolade zurück und stellt es vor uns auf den Tisch.

„Bon Appetit, ihr Süßen!" sagt sie und geht dann zum nächsten Tisch, um die anderen Gäste zu bedienen.

„Ach herrje." sage ich und betrachte das riesige Stück Kuchen, das vor mir auf dem Teller liegt. Neben dem Kuchen ist ein genauso großer Haufen Sahne drapiert. Ich kann zwar kein Französisch, aber heißt *petit* nicht eigentlich *klein*? Das kann ich doch niemals alles aufessen.

„Ja, die Portionen von Tante Madelaine sind tatsächlich immer etwas groß. Aber probiere es erstmal! Du wirst sehen, es ist das Leckerste, das du je gegessen hast."

Tatsächlich ist der Kuchen ganz luftig und zergeht auf der Zunge. Während wir unseren Kuchen genießen, unterhalten wir uns über Alessias Arbeit im Tierheim und meine Klassenfahrt.

„Achso, da fällt mir ein, ich wollte dich ja noch was fragen!" sage ich, suche die Papierschnipsel mit den Buchstaben aus meinem Rucksack zusammen und lege sie vor Alessia auf den Tisch.

„Da du dich hier in der Gegend besser auskennst, habe ich gedacht, du wüsstest vielleicht, was diese Buchstaben bedeuten. Fällt dir irgendetwas ein?" frage ich.

„Mmmh, lass mich mal nachdenken." sagt Alessia und schiebt die Buchstaben auf dem Tisch hin und her. „Ah, jetzt hab ich es. Es ist das VUE DE MER! Ein sehr bekanntes Café hier in Côte de la Lune."

Nachdem wir uns verabschiedet haben und Alessia wieder ins Tierheim ist, mache ich mich sofort auf den Weg zum *Vue de Mer*. Ich folge der Wegbeschreibung von Alessia und stehe letztendlich vor einem großen Café genau am Strand. Es ist das Café, in dem ich am Montag Gianno angetroffen habe! Da hatte er auch schon diesen Zettel in der Hand. Das bedeutet, er muss schon vorher gewusst haben, dass in dem Tagebuch meiner Mutter ein wichtiger Hinweis steht, denn als ich am Montagabend wieder in der Jugendherberge war, war ja die Seite bereits rausgerissen worden. Na klar! Als er Ambers Koffer in unser Zimmer getragen hat, hat er mir mein Tagebuch gegeben. Er meinte, es wäre aus einer Seitentasche aus meinem Koffer gefallen. Als er es aufgehoben hat, ist bestimmt das Foto von meiner Mutter und der anderen Frau rausgefallen. Und natürlich hat er sofort das Amulett der beiden Frauen bemerkt und daraufhin die Seite mit dem Hinweis gefunden. Jetzt macht alles Sinn!

Bei dem schönen Wetter heute sitzen die meisten Gäste draußen auf der Sonnenterrasse, die mit einem Zaun umgrenzt ist. Ich suche mir einen Weg zwischen den ganzen Sitzbänken und Menschen hindurch.

Innen ist das Café deutlich leerer. Das ist sehr gut für mich, denn so kann ich in Ruhe nach dem nächsten Hinweis suchen, ohne, dass mich andere Leute beobachten. Dieses Café ist so ziemlich genau das Gegenteil von dem Café, in dem ich gerade mit Alessia war. Während das Café von Tante Madelaine mit sehr, sehr viel Rosa und Glitzer ausgestattet war, ist dieses hier eher schlicht und gemütlich. Auf der einen Seite sind große Fenster, durch die man einen direkten Blick auf das Meer hat. Ich setze mich an einen der Tische am Fenster, um erstmal in Ruhe nachzudenken. Wonach suche ich eigentlich? Nach einem Hinweis, aber ich weiß weder wo sich dieser befindet, noch weiß ich, nach welcher Art von Hinweis ich suchen muss. Ich schaue mich suchend im Raum um. Wo könnte hier ein Rätsel versteckt sein? Es sieht alles so normal aus. Nichts Besonderes. Aber es wäre vermutlich auch sehr dumm, den Hinweis so offensichtlich zu verstecken. Wahrscheinlich muss ich schon etwas genauer hinschauen. An der Wand gegenüber von mir hängen viele Bilder von der Umgebung: von den Felsen, dem Strand, dem Café mit Meer im Hintergrund und ein Bild von den Angestellten des Cafés. Ich schau mir jedes einzelne genau an. Vielleicht ist auf einem der Bilder ein Hinweis. Oder auf dem Bilderrahmen? Oder noch besser: vielleicht muss ich eines der Bilder abnehmen, um dahinter ein geheimes Versteck zu finden! Aber ich kann doch nicht einfach ein Bild abhängen... dafür sind eindeutig zu viele Leute anwesend. Und der Mann hinter der Theke schaut mich sowieso schon die ganze Zeit so merkwürdig an. Schnell setze ich mich wieder an meinen Tisch. Wo kann hier ein Hinweis versteckt sein? Mir läuft die Zeit davon, Gianno könnte schon längst das Tor gefunden haben. Macht es überhaupt Sinn, zu versuchen, das Rätsel vor ihm zu lösen? Eigentlich ist das doch pure Zeitverschwendung. Ich gebe mir einen Ruck. Nein, das ist KEINE Zeitverschwendung! Schließlich hat Gianno noch *mein* Amulett und wenn er vor mir das Tor findet, bekomme ich es womöglich gar nicht mehr zurück. Und ich muss schon sagen: mittlerweile bin ich echt neugierig, was es mit dieser Stadt der Elfen auf sich hat. Mit neuer Motivation stehe ich auf und suche erneut den Raum ab. Ich schaue sogar in Blumentöpfe oder hinter den Gardinen, wofür ich von dem Mann hinter der Theke nur noch verwirrtere Blicke erhalte. Vielleicht ist es doch besser, ein anderes Mal hier drinnen weiterzusuchen, sonst hält mich der Mann noch für völlig verrückt. Resigniert gehe ich nach draußen auf die Terrasse und lasse mich auf eine freie Bank fallen. Und da entdecke ich etwas Interessantes: In den Zaun, der die Terrasse umzäunt, sind zwei Initialen eingeritzt! Doch nicht irgendwelche. Es sind die gleichen wie bei dem Aussichtspunkt am Dienstag. Ein G und ein K, ineinander verschlungen. Und darunter ist ein etwas merkwürdig geformtes Herz. Nach einigen Minuten fällt mir etwas Entscheidendes auf: Diese komische Herzform entspricht exakt der Form des Felsens, den ich gestern gesehen habe und der auch auf dem Foto meiner Mutter zu sehen ist. Könnte es sein, dass ich den Hinweis gefunden habe? Befindet sich das Tor auf diesem Felsplateau, bei dem herzförmigen Felsen?

Kapitel 7

Am nächsten Morgen gehe ich total verschlafen hinunter in den Gemeinschaftsraum. Ich bin erst gegen Mitternacht eingeschlafen, weil ich bis spät abends über einen Plan, wie ich das Amulett von Gianno zurückkriegen kann, gegrübelt habe. Letztendlich ist dabei jedoch nichts Gescheites herausgekommen. Ich steige die letzten Treppenstufen hinunter und reibe mir den Schlafsand aus den Augen. Wieso ist es denn hier so still? Habe ich verschlafen und die anderen sind schon längst beim Ausflug? Das wäre äußerst schade, denn ausgerechnet heute wollten wir das Meeresmuseum besichtigen. Ich liebe Museen. Deswegen freue ich mich umso mehr, dass wir heute dorthin gehen, genau an meinem Geburts...-

Ein lauter Knall. Und dann regnet plötzlich Konfetti auf mich hinab.

„Happy Birthday!" Alle meine Klassenkameraden, inklusive Frau Aries, stehen im Gemeinschaftsraum versammelt und jubeln mir zu. Luisa steht ganz rechts und hat noch die Konfettikanone in der Hand.

Ich bin so überwältigt, dass ich erst aus meiner Schockstarre erwache, als Joschua mich umarmt und mir „Alles Gute zum Geburtstag" wünscht. Ihm folgen alle anderen Mitschüler und die nächsten Minuten bin ich nur damit beschäftigt, Glückwünsche entgegenzunehmen und mich zu bedanken. Als letztes sind Amber und Luisa an der Reihe. Die beiden begrüßen mich fast genauso stürmisch, wie es gestern die Hunde mit Alessia getan haben und ich muss mich regelrecht aus ihrer Umarmung befreien.

„Habt ihr das etwa organisiert?" frage ich leicht außer Atem.

„Ja. Frau Aries hat uns ein bisschen geholfen, aber den Großteil haben wir ganz allein vorbereitet." sagt Luisa stolz.

Amber nickt. „Und es kommt noch besser!" sagt Amber und führt mich zu meinem Platz. Als ich mich hingesetzt habe, kommt Rafaël herein - mit einer riesigen Torte, auf der oben eine goldene Sechzehn prangt.

„Wow!" ist alles, was ich rausbringe. Rafaël stellt die Torte vor mir auf den Tisch.

„Jetzt können wir dir endlich verraten, was wir gestern gemacht haben! Wir haben gestern den ganzen Tag diese Torte gebacken. Zusammen mit Rafaël." sagt Luisa.

„Alles Gute zum Geburtstag!" Rafaël zwinkert mir zu.

Ich merke wie mir die Hitze in die Wangen steigt. „Das ist... - wow, also ich... - Danke!" Ich strahle Amber und Luisa und auch Rafaël an und die drei strahlen zurück.

„So und jetzt musst du die Torte natürlich anschneiden! Weißt du, wie schwierig es war, diese Torte gestern zu backen und kein einziges Mal zu naschen? Ich will jetzt endlich wissen, wie sie schmeckt." sagt Luisa.

Ich muss schmunzeln, denn ich weiß, wie schwer es Luisa fällt, geduldig zu sein. Rafaël drückt mir ein Messer in die Hand. Eigentlich möchte ich diese wunderschöne Torte gar nicht zerschneiden. Aber was soll's.

Kurz bevor der Ausflug ins Meeresmuseum beginnt, treffe ich Frau Aries auf dem Gang vor meinem Zimmer.

„Amelie, warte kurz, ich wollte dir noch etwas geben." sagt Frau Aries und reicht mir eine kleine Schachtel, die in buntes Geschenkpapier eingewickelt ist. „Das hier ist ein Geburtstagsgeschenk von deiner Mutter. Sie hat mich gebeten, es dir zu geben, da sie ja gerade in Griechenland im Urlaub ist."

„Oh, Dankeschön." Verwundert nehme ich das Päckchen entgegen. Ich wusste gar nicht, dass Frau Aries und meine Mutter sich so gut kennen. Ich packe das Geschenk aus und zum Vorschein kommt ein silbernes Armband, mit einer Muschel als Anhänger. In der Mitte der Muschel ist eine kleine Einkerbung. Ich binde mir das Armband um mein Handgelenk und betrachte es nachdenklich. Irgendetwas fehlt da noch. Aber was? Da fällt es mir ein. Aus meiner Hosentasche fische ich die Perle. Seit dem Morgen, an dem ich sie mit Alessia am Strand gefunden habe, trage ich sie mit mir herum. Noch immer schimmert sie in einem blassen Lila. Vorsichtig drücke ich sie in die Kuhle der Muschel. Sie passt genau hinein. Komischerweise habe ich nichts anderes erwartet. Als ich die Kuhle gesehen habe, habe ich irgendwie direkt gewusst, wofür diese Vertiefung gedacht ist.

„Wow. Es ist wirklich wunderschön!" sage ich und bewundere das Armband mit der leuchtenden Perle in der Mitte. Falls sich Frau Aries wundert, wieso die Perle lila schimmert, lässt sie es sich zumindest nicht anmerken.

Das Meeresmuseum ist ein großes, ovalförmiges Gebäude. Da heute kein Wochenende ist, stehen glücklicherweise nicht ganz so viele Touristen an der Kasse an. Frau Aries kauft eine Gruppenkarte und wir gehen durch die Drehtür ins Innere des Museums. Der Eingang ins

Meeresmuseum ist komplett aus Glas. Ich bestaune das riesige Aquarium, das sich wie eine Kuppel über uns erstreckt. Gerade schwimmt ein Rochen über mich hinweg. Frau Aries zählt nochmal nach, ob wir auch wirklich vollständig sind und teilt uns dann jeweils eine Eintrittskarte für die Ausstellungen aus.

„Also, es gibt 6 verschiedene Ausstellungen: Muscheln, Lebewesen der Tiefe, Mysterien der Tiefsee, das Korallenriff, Geschichte der Fischerei und zuletzt Wale und Delfine. Ihr könnt jede Ausstellung besichtigen. Halt." sagt Frau Aries, da einige Schüler schon sofort los wollen. „Ich war noch nicht fertig. Wir treffen uns in genau 3 Stunden wieder hier am Eingang. Dort hinten gibt es einen kleinen Imbiss, falls ihr Hunger habt und direkt neben der Eingangstür sind die Toiletten. Ok, jetzt könnt ihr los. Viel Spaß."

Die Klasse teilt sich auf und einige Schüler gehen zur Muschel-Ausstellung, während andere zuerst die *Mysterien der Tiefsee* besichtigen. Ich gehe zusammen mit Luisa und Amber und ein paar anderen Besuchern in die Abteilung „*Korallenriff*", die sich rechts neben dem Eingang befindet. Luisa bleibt vor einem riesigen Modell eines Korallenriffs stehen, das fast den ganzen Raum einnimmt. Das Korallenriff ist in zwei Hälften unterteilt: die linke Hälfte ist bunt und es tummeln sich Fische und Seepferdchen zwischen den Korallen, während die andere Hälfte ein krankes, geschädigtes Riff darstellt, das eindeutig von Menschen zerstört wurde. Luisa liest aufmerksam die danebenstehende Infotafel.

„Wusstet ihr, dass Korallenriffe weniger als 0,1 Prozent des Ozeanbodens bedecken, aber mehr als ein Drittel der im Meer lebenden Tiere darin wohnen?" fragt sie. Amber und ich schütteln beide den Kopf. Nachdem wir uns die Ausstellung angeschaut haben und Luisa sich ausgiebig darüber beschwert hat, wie unverantwortlich es ist, dass man seinen Müll ins Meer schmeißt und dadurch die Korallenriffe zerstört (da gebe ich ihr natürlich recht), gehen wir in die nächste Ausstellung, welche von Walen und Delfinen handelt. Hier kann man unter anderem das Skelett eines 15 Meter langen Finnwals und weitere Exponate bewundern. Fasziniert schaue ich mir jeden Raum an und sauge die Informationen förmlich ein. Als letztes gehen wir in die Ausstellung „Mythen der Tiefsee". Ich muss zugeben, auf diese Ausstellung bin ich eigentlich am meisten gespannt.

„Geht ihr ruhig schonmal vor, ich muss nur kurz auf Toilette." sagt Amber.

„Oh warte, ich muss auch mal." sagt Luisa und schließt sich Amber an.

„Wir sind gleich wieder da."

Ich nicke und gehe allein in die Ausstellung. Als ich den Raum betrete ist nur ein einziger anderer Besucher in der Ausstellung – und das ist ausgerechnet Gianno.

Vor lauter Schreck setzt mein Herzschlag für eine Sekunde aus. Was macht er denn hier? Panisch überlege ich, was ich jetzt machen soll. Er hat mich noch nicht gesehen, also könnte ich auch einfach wieder gehen. Auf der anderen Seite ist das vielleicht auch meine Chance. Ich bin mir sicher, dass er mein Amulett immer noch bei sich trägt. Vielleicht gelingt es mir, mich von hinten anzuschleichen und ihm das Amulett zu entwenden. Wenn ich ein bisschen Glück habe, könnte es klappen. Ohne länger darüber nachzudenken, schleiche ich auf Zehenspitzen zu

Gianno. Ich bin noch nicht mal einen Meter gegangen, da dreht er sich auch schon mit einem Grinsen auf dem Gesicht um.

„Oh, hallo Amelie, wie schön, dich hier zu treffen. Du musst dich nicht anschleichen, ich habe dich im Glas vom Aquarium kommen sehen. Und? Hast du das Rätsel schon gelöst? Ich habe auch einige Fortschritte bei der Suche nach dem geheimen Tor gemacht. Ich glaube, ich weiß, wo es sich befindet. Allerdings habe ich noch nicht herausgefunden, wie man es öffnet. Aber ich wette, es hat etwas mit dem Amulett zu tun, oder?" Er schaut mich fragend an, so als erwartet er, dass ich ihm die Lösung für sein Problem verrate. Aber ich weiß ja selbst nicht einmal, wie sich das Tor öffnen lässt.

Da ich ihm nicht antworte, redet er unbeirrt weiter: „Leider habe ich noch nicht herausgefunden, was dein Amulett für eine Fähigkeit besitzt. Vielleicht funktioniert es auch nicht richtig oder nur der ursprüngliche Besitzer kann es benutzen. Deswegen habe ich ein bisschen nach-gedacht und bin zu dem Entschluss gekommen, dass es am sinn-vollsten ist, wenn wir uns zusammentun. Du könntest mir verraten, wie man das Tor öffnet und wie ich in die Stadt der Elfen gelangen kann und wir finden bestimmt auch etwas, dass ich dir im Gegenzug dafür anbieten kann. Aber als erstes wäre es praktisch, wenn du mir verrätst, wie dieses Teil überhaupt funktioniert." Er holt mein Amulett aus seiner Hosentasche und betrachtet es eingehend, so als ob er nach irgendeinem Hinweis sucht.

Ich nutze meine Chance und schnelle nach vorne, um ihm das Amulett aus der Hand zu reißen, aber er bemerkt es rechtzeitig und weicht gekonnt einen Schritt zur Seite aus.

„Na, na." sagt er tadelnd, „Du musst dich schon an unseren Deal halten und mir zuerst verraten, wie ich durch das Tor komme, bevor ich dir dein Amulett zurückgeben kann."

„Wir haben noch gar keinen Deal gemacht und außerdem weiß ich selbst nicht, wie man durch das Tor kommt." sage ich und verschränke die Arme vor der Brust.

Gianno schaut mich abfällig an. „Jetzt tu doch nicht so. Sie müssen dir doch irgendeinen Hinweis gegeben haben, wie du dieses Teil nutzen kannst." Er lässt mein Amulett hin und her pendeln. Fieberhaft überlege ich, wie ich es mir schnappen kann. Noch immer sind wir alleine in der Ausstellung und ich wünsche mir gerade nichts sehnlicher, als endlich mein Amulett zurückzubekommen und bei dem Felsplateau nach dem geheimen Tor zu suchen. Vor meinem inneren Auge stelle ich mir die herzförmige Felswand vor. Ich bin mir sicher, dass das Tor irgendwo dort versteckt sein muss! Und dann passiert plötzlich etwas sehr Merkwürdiges. An Gianno's Gesichtsausdruck kann ich erkennen, dass er genauso verwirrt ist wie ich, als ihm das Amulett aus der Hand rutscht und geradewegs zu mir fliegt. Ja, es *fliegt*.

Automatisch strecke ich die Hände aus, um es zu fangen. Es scheint alles in Zeitlupe weiterzulaufen. In dem Moment, als das Amulett meine Fingerspitzen berührt, macht sich ein flaues Gefühl in meinem Magen breit. Plötzlich sehe ich nichts mehr und werde von einem grellen lila Strahl geblendet. Dann verliere ich den Halt und um mich herum scheint sich alles zu drehen.

Urplötzlich ist es vorbei.

Als sich meine Augen wieder langsam an die Umgebung gewöhnen, stelle ich erschrocken fest, wo ich mich befinde: Ich stehe auf dem Felsplateau, neben mir ist der Fels mit der komischen Herzform.

Kapitel 8

Bin ich gerade teleportiert?! Ich kann es immer noch nicht fassen. Verwirrt blicke ich mich um, aber ich bin mir ganz sicher, dass das hier gerade kein Traum ist. Ich spüre ganz deutlich den Sommerwind auf meiner Haut und höre das Meer rauschen. Aber wie um Himmels Willen bin ich innerhalb von 2 Sekunden von dem Meeresmuseum bis hierhin gekommen? Ich kann mich noch erinnern, wie ich mir gewünscht habe, das Tor zu finden und in dem Moment ist das Amulett zu mir geflogen und hat mich hierhergebracht. Habe ich das etwa alles nur mit der Kraft meiner Gedanken gemacht? Ungläubig starre ich auf das Amulett. Nein, das kann nicht sein. Es muss irgendeine logische Erklärung hierfür geben. Aber leider fällt mir in diesem Moment keine einzige ein. Das Amulett liegt warm auf meiner Haut und sendet ein leichtes Glühen aus. Fasziniert beobachte ich den außergewöhnlichen Stein, der funkelt, als wäre darin eine Mini-Galaxie mit ganz vielen strahlenden Sternen.

Ich nehme mir vor, dass ich später nach einer logischen Begründung suche, wie ich hierher gekommen bin. Wenn ich nun schon einmal da bin, kann ich ja wenigstens die Zeit nutzen, um das Tor zu suchen. Ich schaue mich aufmerksam um. Am Dienstag bin ich hier durch einen Tunnel herausgekommen, aber nun scheint dieser Gang verschwunden zu sein. Vorsichtig taste ich den Felsen ab, so wie es auch Gianno letztens gemacht hat. Und da entdecke ich sie wieder: Die Initialen G und K! So oft, wie ich die jetzt schon gesehen habe, müssen sie doch irgendwas bedeuten! Ich streiche mit dem Finger darüber –

und springe vor Schreck einen Meter zurück. In der Felswand vor mir hat sich ein großes Loch aufgetan. Ich atme einmal tief durch und aus Angst, dass der Gang sofort wieder verschwinden könnte, schlüpfe ich schnell durch den Eingang. Ja, das ist eindeutig der Gang, durch den ich schon am Dienstag gegangen bin. Meine Schritte hallen einsam durch den Gang, der nun ein wenig bergauf geht. Ich taste mich langsam voran, um nicht im Dunkeln gegen eine Felswand zu laufen. Dann stehe ich wieder vor der Gabelung. Ich überlege, welchen Weg ich nun gehen soll. Wenn ich weiterhin geradeaus gehen würde, lande ich mit Sicherheit auf dem kleinen Felsvorsprung in der Meeresbucht. Es sei denn, der Gang ändert seine Ziele. Aber das glaube ich nicht. So etwas ist gar nicht möglich. *Teleportieren ist auch nicht möglich,* sagt eine leise Stimme in meinem Kopf und ich gebe ihr Recht. Am liebsten würde ich geradeaus weitergehen, denn wie schon beim letzten Mal, sträubt sich alles in mir dagegen, den Abzweig nach rechts zu nehmen. Ich weiß nicht einmal wieso. Weder ist es in diesem Gang dunkler, noch kommen von dort irgendwelche gruseligen Geräusche oder sonst etwas. Es ist einfach nur mein Körper, der mir mit aller Macht zu sagen scheint, *Geh bloß nicht da lang!* Aber es nützt nichts. Denn auch wenn sich alles in mir dagegen wehrt, diesen Gang zu betreten, habe ich das Gefühl, dass sich genau *da* das Tor befindet. Also setze ich einen mutigen Schritt in diese Richtung. Und dann noch einen. Ein Fuß, nach dem anderen. Alles in meinem Kopf schreit, ich soll sofort umdrehen. Doch ich höre nicht zu und kämpfe mich einfach weiter. Noch nie in meinem Leben kamen mir zehn Meter so anstrengend vor. Es ist so, als würde ich gegen einen unsichtbaren Widerstand

ankämpfen. Doch dann habe ich plötzlich das Gefühl, als ob ich eine unsichtbare Grenze überschritten habe und ich kann auf einmal ganz normal weitergehen. Mein Körper wehrt sich nicht mehr. Verwundert gehe ich weiter, bis der Weg ganz abrupt endet. Ok, das bedeutet, hier muss jetzt das Tor sein. Vermutlich muss ich ein weiteres Rätsel lösen, um es zu öffnen. Vor mir, etwa auf Hüfthöhe, entdecke ich einen kleinen Kristall. Ich folge einer plötzlichen Eingebung und versuche, den Kristall wie einen Hebel umzulegen. Es klappt! Wie bei einem Lichtschalter, erleuchten plötzlich dutzende Kristalle um mich herum. Die Luft fängt an, seltsam zu knistern. Vor mir erscheint plötzlich ein gleißend helles Licht und ich trete erschrocken einen Schritt zurück. Am Anfang erkenne ich nur ein paar Linien und Schnörkel, aber nach einiger Zeit wird deutlich, dass die Linien Buchstaben bilden. Der erste erkennbare Buchstabe ist ein *L*, dann folgen ein *A, C, M, ...*
Immer mehr Buchstaben erscheinen, bis endlich ein Wort entstanden ist, das in leuchtenden Buchstaben vor mir steht.

ᛚᚨᚲᛗᚨᚲᛟᚲ

Einige Minuten stehe ich nur da, starre das seltsame Wort an und zerbreche mir den Kopf darüber, was es bedeuten könnte. Noch immer flackern die Buchstaben vor mir in der Luft. Ich seufze. Wahrscheinlich ist das wieder so ein Buchstabenrätsel, aber diesmal habe ich wirklich keinen blassen Schimmer, was das Lösungswort sein könnte. Entmutigt setze ich mich auf einen Stein und hantiere gedanken-verloren an meinem Amulett herum. Was ist das denn? Auf dem silbernen Rand meines Amuletts formen sich plötzlich Buchstaben. Erst nur einzelne und schließlich bilden sie ein ganzes Wort. Ich beuge mich näher an das Amulett, um das winzig kleine Wort zu entziffern.

„Malacock" lese ich laut vor. Daraufhin beginnen die Buchstaben in der Luft, sich in einer neuen Reihenfolge zusammenzusetzen. Bis sie schließlich ein komplett neues Wort bilden.

ᛗᚨᛚᚨᚲᛟᚲᚲ

Die Buchstaben leuchten in einem grellen Lila auf, so dass ich die Augen schließen muss, um nicht geblendet zu werden. Als ich sie wieder öffne, verschwinden die Buchstaben und geben den Blick frei auf die glatte Felswand, die sich dahinter verbirgt. Kaum, dass ich einen Schritt nach vorne gegangen bin, wird das Gestein plötzlich *flüssig*. So sieht es zumindest aus. Es ist immer noch an seinem Platz, aber es wabert komisch hin und her, so als ob es ganz weich ist. Ich strecke eine Hand danach aus und es fühlt sich so an, als würde meine Hand in Wasser fassen. Ich ziehe die Hand wieder raus, aber wie schon erwartet, ist sie nicht nass, sondern nur von einem seltsam glänzenden Schimmer überzogen. Ich mache einen tiefen Atemzug, schließe die Augen und trete, bevor ich es mir anders überlegen kann, mit dem ganzen Körper durch das magische Tor.

Als ich die Augen wieder öffne, werde ich von der Sonne geblendet. Hä? Ich befinde mich *in* einem Felsen, wie kann hier die Sonne scheinen? Naja, egal Amelie, nicht drüber nachdenken! Ich schaue mich um und sehe, dass ich mich auf einer wunderschönen Wiese befinde, in der Nähe sehe ich einen einladenden Wald und über mir scheint die Sonne von einem wolkenlosen Himmel. Ich schaue mich nach Menschen um und entdecke weiter hinten auf der Wiese ein Mädchen mit dunkelbraunen Haaren und-

„Alessia?!" frage ich verwirrt.

Alessia hebt den Kopf und als sie mich sieht, sagt mir ihr Gesichtsausdruck, dass sie ebenso verwirrt ist, mich hier anzutreffen, wie ich. Aber schon nach einigen Sekunden hat sie sich gefasst und kommt mit ihrem typischen Gute-Laune-Lächeln auf mich zu gerannt.

„Amelie? Das glaub ich ja jetzt nicht! Richard hat schon erwähnt, dass die siebte Amulett-Trägerin in meinem Alter sein wird, aber ich hätte niemals gedacht, dass du es bist!" Überglücklich wirft sie die Arme um mich. „Jetzt wird mir auch so einiges klar! Deswegen hast du mich nach diesem Rätsel gefragt, weil im Vue de Mer ein Hinweis versteckt ist! Aber warum hat dich Richard nicht einfach hierher gebracht? Wieso musstest du alleine herfinden?"

„Das würde ich auch gerne wissen! Ist Richard der fremde Typ, der mir das Amulett gegeben hat? Er sagte etwas von einer Zeremonie am Freitag, aber dann kam Gianno dazwischen und ich musste das Rätsel lösen, bevor er das Tor findet und-"

„Warte mal, ganz langsam." sagt Alessia und ich hole erst einmal tief Luft, um mich zu beruhigen. „Wer ist Gianno?"

„Na ja eigentlich war er unser Busfahrer, aber er beschäftigt sich wohl schon länger mit der Stadt der Elfen und als er mein Amulett gesehen hat, wusste er sofort, was das für ein besonderes Amulett ist. Dann hat er es mir geklaut und ich habe die Rätsel gelöst und vorhin im Meeresmuseum sind wir uns zufällig begegnet und plötzlich ist das

Amulett zu mir geflogen und ich bin hierher teleportiert und-" Ich hielt inne. „Findest du es gar nicht komisch, wenn ich sage, dass ich hierher *teleportiert* bin?" frage ich Alessia.

„Nö, warum?"

„Ähm, also ich weiß nicht, ob das hier normal ist, aber mir ist das noch nie passiert."

„Wann hast du Geburtstag?" fragt Alessia plötzlich.

„Hä? Wie kommst du denn jetzt darauf? Aber wenn es dich so brennend interessiert: Ich habe zufälligerweise heute Geburtstag."

„Habe ich es mir doch schon gedacht."

„Was hast du dir gedacht?"

„Das Amulett entfaltet erst am 16. Geburtstag seines Amulett-Trägers seine Fähigkeiten. Jedes Amulett hat eine einzigartige Gabe und deines ist anscheinend Teleportation. Deswegen hat Richard auch zu dir gesagt, dass die Zeremonie am Freitag ist, denn erst mit 16 Jahren kann man als Amulett-Träger die Stadt der Elfen betreten. Es sei denn, man wurde in der magischen Welt geboren. Und es gibt auch ein Gesetz, dass vor dem 16. Geburtstag kein Amulett-Träger über die Stadt der Elfen erfahren darf. Deswegen konnte Richard dir vermutlich auch noch nicht alles erklären." sagt Alessia.

„Jeder Amulett-Träger hat magische Fähigkeiten?!" sage ich ungläubig.

Alessia nickt und erst jetzt bemerke ich das rosafarbene Amulett um ihren Hals.

„Du hast auch ein Amulett!" stelle ich fest und Alessia nickt erneut. „Was ist deine magische Fähigkeit?"

„Rate doch mal! Aber während du das tust, sollten wir uns auf den Weg zum Schloss machen. Richard sollte wissen, dass du schon hier bist." sagt Alessia und nimmt meinem Arm, damit ich ihr folge. Die Fragen überschlagen sich in meinem Kopf. Das hier ist alles so unwirklich. Träume ich vielleicht gerade? Ich kneife mir in den Arm. Nein, das hier ist definitiv kein Traum. Da fällt mir plötzlich etwas Wichtiges ein: „Ähm, Alessia? Meine Klasse ist noch im Meeresmuseum. Keiner weiß, wo ich bin! Meine Lehrerin wird mich wahrscheinlich überall suchen." Ich bleibe stehen und schaue Alessia verzweifelt an. „Und was ist, wenn jemand gesehen hat, dass ich teleportiert bin?" Panik steigt in mir hoch. Gianno und ich waren zwar alleine in der Ausstellung gewesen, aber es gab bestimmt überall Überwachungskameras.

„Keine Sorge." sagt Alessia. „Darum wird sich Richard bestimmt kümmern."

Wir sind am Waldesrand angekommen und folgen einem schmalen Waldweg. An einer Gabelung, von der sechs verschiedene Wege abgehen, steht ein Wegweiser mit einem einzigen Pfeil, der in Richtung des dritten Weges zeigt. Auf dem Pfeil steht in einer komischen Schrift:

ƧCHLѴOƧƧ

Wir folgen dem 3. Pfad, der einem kleinen Hügel hinaufführt. Bis jetzt sind uns noch keine weiteren Menschen begegnet. Ich drehe mich in alle Richtungen, doch weder im Wald, noch auf den anderen Wegen sehe ich Menschen.

„Gibt es hier auch noch andere Menschen?" frage ich deshalb Alessia.

„Oh, die sind im Dorf und bereiten alles für die Mondlichtnacht vor."

„Was für eine Mondlichtnacht?" Bevor Alessia antworten kann, gehen wir um eine Kurve und blicken in ein wunderschönes Tal, das auf der linken Seite von einem kleinen, aber dennoch majestätischen, weißen Schloss bewacht wird. Die Fenster des Schlosses spiegeln sich in der Sonne.

„Wow!" Ich bin überwältigt von dem Anblick.

Alessia nimmt mich an die Hand und wir rennen den kleinen Hügel hinunter, bis wir vor dem Tor des Schlosses stehen. Keine Wachen patronieren davor und Alessia zieht mich einfach weiter in die Eingangshalle des Schlosses.

„Wir dürfen einfach so in das Schloss reingehen?" frage ich ungläubig.

„Aber natürlich! Jeder darf hier ein- und ausgehen, wie er möchte. In der Stadt der Elfen gibt es keine verschlossenen Türen." sagt sie.

Wir betreten einen riesigen Saal, mit weißen Säulen, großen Fenstern und einem wunderschönen Kronleuchter. In der hinteren Ecke des Raumes steht der Mann, der mir am Montag das Amulett gegeben hat. Ich vermute, dass das Richard ist. Wie schon bei unserer letzten Begegnung, trägt er ausschließlich weiße Klamotten. Er dreht sich zu uns um und kommt mit langen Schritten auf uns zu. Dabei breitet er die Arme aus und lächelt, so dass man seine perfekten weißen Zähne sieht.

Wie verhält man sich vor einem König einer magischen Welt? Schnell mache ich einen kleinen Knicks. Richard lacht daraufhin und auch Alessia neben mir verkneift sich ein Grinsen.

„Wie schön, dich wiederzusehen, Amelie!" sagt er mit seiner warmen Stimme. „Und natürlich erstmal Alles Gute zum Geburtstag! Aber wieso bist du heute schon gekommen? Hat dich deine Mutter gebracht?"

„Nein, sie ist ganz alleine durch das Tor gekommen." sagt Alessia.

Richard schaut mich durch seine silbernen Augen verwirrt an. „Das bedeutet ja, du bist hergekommen, ohne dass der Schutzzauber deaktiviert war!"

„Was für ein Schutzzauber?" frage ich verwirrt.

„Für den Fall, dass sich zufällig ein Mensch in den Gang verirrt, wurde ein Schutzzauber errichtet, der alle Unbefugten davon abhält, das Tor zu finden." erklärt Alessia. „Und du bist anscheinend durch die Barriere gekommen, ohne dass du wusstest, wie man sie abstellt."

Aha, das erklärt so einiges! Jetzt weiß ich endlich, warum sich mein Körper so gewehrt hatte, diesen Gang zu betreten. Das war der Schutzzauber gewesen, der meinen Körper überzeugen wollte, das Tor nicht zu finden!

„Das ist bemerkenswert." stellte Richard anerkennend fest. „Nun, aber was hat dich dazu bewegt, schon jetzt nach dem Tor zu suchen?"

„Anscheinend hat ein gewisser Gianno versucht, ihr das Amulett wegzunehmen und selbst das Tor zu finden." erklärt Alessia.

„Und er hätte es auch fast geschafft!" gebe ich zu.

Richard dreht sich nachdenklich zum Fenster. „Danke, dass du ihn daran gehindert hast. Ich werde schauen, was ich machen kann." Er dreht sich wieder zu uns und blickt uns mit seinem breiten Lächeln an.

„Ich würde vorschlagen, währenddessen zeigst du Amelie ein wenig die

Stadt, Alessia! Ich bin mir sicher, Amelie brennen sehr viele Fragen auf der Seele."

Alessia nickt eifrig und nach einer knappen Verabschiedung von Richard zieht sie mich wieder aus dem Schloss hinaus. Wir laufen den gleichen Weg zurück, den wir schon gekommen sind und gelangen schließlich wieder an die Weggabelung. Der Wegweiser zeigt diesmal in eine andere Richtung. Als wir näher kommen, kann ich die komische Schrift als *WASSERFALL* entziffern.

Ich folge Alessia, die dem Pfad entlang in den Wald geht. Die Laubbäume um uns herum blühen in einem kräftigen Grün und durch das lichte Blätterdach fallen ab und zu ein paar Sonnenstrahlen.

„Alessia?" frage ich.

„Mmmh?"

„Wie kann es eigentlich sein, dass wir *in* einem Felsen sind und die Sonne scheint?"

„Das ist ein magischer Himmel. Hier ist also immer schönes Wetter, weil die Elfen nur in warmen Gebieten leben können." antwortet sie.

„Es gibt Elfen?" frage ich mit weit aufgerissenen Augen.

„Aber natürlich! Wieso, denkst du, heißt das hier *Stadt der Elfen*?" sagt sie lachend. Ich zucke mit den Schultern. Ein Schmetterling kommt auf uns zugeflogen und setzt sich auf Alessias Schulter. Moment mal! Der Schmetterling hat eindeutig ein Gesicht! Und kleine Beinchen und Ärmchen! Japsend hole ich Luft.

„Ist das eine Fee?" flüstere ich.

„Jap. Und eine sehr zutrauliche noch dazu!" antwortet Alessia und streichelt vorsichtig die schimmernden Flügel. Eine weitere Fee kommt durch den Wald geflogen, setzt sich auf Alessias Kopf und schaut mich mit schiefgelegtem Kopf an.

„Die sehen fast so aus wie Schmetterlinge!"

„Weil sie Schmetterlinge sind!" sagt Alessia grinsend.

„Was?" Jetzt bin ich verwirrt.

„Hier in der magischen Welt sind es Feen, aber wenn sie mal einen Ausflug in die Menschenwelt machen, verwandeln sie ihren Körper in einen *Schmetterling*, wie es die Menschen nennen." erklärt sie. Die beiden Feen klimpern zustimmend mit ihren Wimpern und fliegen dann weiter. Ich starre ihnen hinterher, doch Alessia zieht mich weiter.

„Los, komm! Du wirst noch genügend Feen antreffen! Erst will ich dir noch etwas zeigen." Wir gehen weiter den Pfad entlang. Am Wegesrand stehen leuchtende Pilze und es wachsen dort unzählige Pflanzen, die ich noch nie gesehen habe. Alessia stoppt abrupt und ich merke, dass wir inzwischen auf einer Lichtung angekommen sind. Ein wunderschöner Wasserfall plätschert in einen kleinen Teich, auf dem Seerosen schwimmen. Um den Teich herum liegen moosbewachsene Steine. Ich versuche, den Ort in mich aufzusaugen. Ich rieche die feuchte Waldluft und höre das leise Plätschern des Wasserfalls. Das hier ist die perfekte Idylle. Alessia setzt sich auf einen Stein und ich tue es ihr gleich.

„Was machen wir jetzt?" frage ich neugierig.

„Warten."

„Und auf was warten wir?"

„Das wirst du schon sehen!" sagt sie grinsend. „Und in der Zwischenzeit kann ich alle deine Fragen beantworten."

Ich denke nach. Tausende Fragen spuken in meinem Kopf herum und immer wenn ich eine aussprechen will, kommt mir eine andere, noch viel spannendere Frage in den Sinn. Alessia schaut mich abwartend an. Da ich das ganze hier immer noch nicht verstanden habe, frage ich als erstes eine grundlegende Frage: „Also, wo um Himmels Willen sind wir hier eigentlich? Ich weiß, in der Stadt der Elfen, aber wie ist das möglich, dass wir uns in einem Felsen befinden und dass das alles hier offensichtlich größer ist, als normalerweise in diesen Felsen reinpassen würde?" Ich presse meinen Mund zusammen, bevor noch mehr Fragen herauspurzeln. Eine Frage nach der anderen.

„Der Fels wurde durch einen Zauber ausgedehnt, aber frag mich bitte nichts weiteres über diesen Zauber, der ist nämlich so kompliziert, dass selbst ich es nicht einmal verstehe und ich wohne schließlich schon mein ganzes Leben hier." *Sie wohnt schon ihr ganzes Leben hier?* Ich muss mich zusammenreißen, um sie nicht gleich zu unterbrechen und die nächste Frage zu stellen.

Alessia redet weiter: „Außerdem ist es schon Jahrtausende her, dass dieser Zauber errichtet wurde und vermutlich kennt ihn heutzutage sogar niemand mehr."

„Diese Stadt der Elfen gibt es also schon seit Jahrtausenden?" frage ich erstaunt.

„Schätzungsweise. Sie wurde damals erschaffen, damit die magischen Lebewesen hier in Ruhe leben können und vor den Menschen geschützt sind. Es werden jedoch immer wieder Menschen ausgewählt, die die Stadt der Elfen beschützen sollen und dafür ein magisches Amulett bekommen, womit sie auch Zugang zu Magie haben. Die

Amulett-Träger sollen den magischen Schutz der Stadt erhalten, denn die Elfen beherrschen ausschließlich Naturmagie."

Wieder bombardieren hunderte Fragen meinen Kopf und ich habe die Qual der Wahl, eine einzige davon auszusuchen.

„Hier gibt es also noch andere magische Lebewesen außer den Elfen?"

„Ein paar. Die Feen hast du ja eben schon kennengelernt. Aber es gibt außerhalb der Stadt der Elfen noch andere magische Reiche, in denen andere magische Lebewesen wohnen. Jedes magische Reich ist aber nur für ein bestimmtes Volk ausgelegt und an deren Lebensbedingungen angepasst. Ich habe dir ja schon erklärt, dass es hier einen magischen Himmel gibt, durch den es immer warm ist, weil die Elfen es in kalten Gebieten nicht aushalten. Es leben also nur ein paar einzelne magische Tierwesen hier, die exakt die gleichen Lebensumstände brauchen." erklärt Alessia.

Das muss ich erst einmal sacken lassen. Innerhalb der letzten Minuten hat sie mir so viel erklärt, dass mein Gehirn mittlerweile nur noch Matsch ist. Wenn ich jetzt noch eine weitere Frage stelle, droht mein Kopf zu zerplatzen. Also betrachte ich lieber die Umgebung. Der kleine Waldteich hat eine runde Form und ist so klar, dass man bis auf den Boden gucken kann. Hinter dem Wasserfall scheint eine Höhle zu liegen.

„Oh, jetzt kommt sie!" sagt Alessia und stupst mich mit dem Ellenbogen an. Sofort drehe ich meinen Kopf in die Richtung, in die sie zeigt – und halte den Atem an. Zwischen zwei dicken Eichenbäumen tritt ein wunderschönes Wesen hervor. Seine Umrisse sind verschwommen, so wie bei einer Fata Morgana. Majestätisch kommt es auf uns zugeschritten und die Konturen werden immer klarer. Es hat ein paar Ähnlichkeiten mit einem Pfau, aber ansonsten habe ich so ein Wesen noch nie gesehen. Es ist jedoch ohne Zweifel das schönste Lebewesen, das ich je gesehen habe. Es besitzt exakt 7 große Pfaufedern, die in Regenbogenfarben leuchten. Der glänzende Körper ist in einem dunklen Lila und darauf glitzern unzählige Diamanten. Auch auf den Federn sind große Edelsteine in der jeweils passenden Farbe der Feder. Das Wesen starrt mich durch neugierige, lilafarbene Augen an und neigt dann leicht den Kopf. Dabei kann ich erkennen, dass es eine Art Krone trägt, auf der – wer hätte es gedacht – wiederum auch funkelnde Edelsteine sind. Es dauert einen Moment, bis ich meine Sprache wiederfinde.

„Was ist das für ein Wesen?" frage ich, ohne den Blick von dem Wesen zu nehmen.

„Das ist Pearl und sie ist ein Malacock." antwortet Alessia.

„Sie?" frage ich, obwohl ich es mir durch die vielen Edelsteine und das Glitzer schon denken konnte. Pearl macht einen empörten Gesichtsausdruck.

„Ja. Siehst du nicht ihre lackierten Fußnägel? Sie bildet sich immer sehr viel darauf ein." antwortet Alessia amüsiert.

„Und was ist ein Malacock?"

„Sie ist der Ursprung unserer Magie. Deswegen wollte ich sie dir unbedingt zeigen. Soweit ich weiß, gibt es momentan nur einen einzigen Malacock – und das ist Pearl. Sie ist eigentlich unsterblich und besitzt wahnsinnig viel Magie. Malacocks schlüpfen, wenn man ihr Ei, das am Ende eines Regenbogens liegt, ausbrütet. Der Gründer der

Stadt der Elfen hieß Gavin Keith. Er hat damals ein solches Ei ausgebrütet und dann mithilfe von Pearls Magie die Stadt der Elfen geschaffen, um den magischen Lebewesen Schutz zu bieten. Pearl hat daraufhin diese sieben Amulette hervorgebracht, damit wir die Möglichkeit haben, die Magie der Stadt der Elfen aufrecht zu erhalten. Alle sieben Jahre verliert nämlich die Magie an Stärke und muss in einem bestimmten Ritual mithilfe der Amulette erneuert werden – und dieses Event feiern wir als Mondlichtnacht! Deswegen wird gerade überall fleißig geschmückt und andere Dinge vorbereitet, denn schon am Sonntag ist es soweit!"

Pearl dreht sich elegant um sich selbst, so dass ich ihr Federkleid sogar von hinten betrachten kann und verschwindet dann zwischen den Bäumen. So schnell, wie sie gekommen ist, löst sie sich auch wieder in Luft auf und ihre Konturen werden immer verschwommener, bis sie schließlich komplett unsichtbar ist.

„Du hattest Glück! Pearl ist wirklich scheu und sie zeigt sich nur sehr selten." sagt Alessia. Dann steht sie auf und reicht mir die Hand. Ich starre Alessia an.

„Jetzt weiß ich es!" sage ich, woraufhin mich Alessia verwirrt anblickt.

„Was weißt du?"

„Na du hast doch gesagt, ich soll raten, was die magische Fähigkeit deines Amuletts ist und ich habe es jetzt herausgefunden." antworte ich und greife endlich nach Alessias Hand, um mich hochziehen zu lassen.

„Dann lass mal hören!" sagt Alessia und schaut mich erwartungsvoll an.

„Du kannst mit Tieren sprechen! Deswegen arbeitest du auch im Tierheim und die Tiere mögen dich deshalb auch so, weil du sie verstehst." sage ich.

„Richtig!" sagt Alessia und klatscht in die Hände.

Ich drehe mich nochmal um und betrachte die wunderschöne Lichtung mit dem Wasserfall in der Mitte. Und dann entdecke ich etwas Merkwürdiges: Auf dem Stein, auf dem ich eben noch gesessen habe, steht plötzlich ein Pilz. Wo kommt der denn her? Den kann ich unmöglich die ganze Zeit übersehen haben! Für einen Pilz ist er ziemlich groß und reicht mir fast bis zu meinem Knie. Misstrauisch beuge ich mich zu dem Pilz herunter – und stoße einen spitzen Schrei aus, als mich der Pilz durch zwei dunkle Augen zurückanstarrt! Der Pilz hat sich anscheinend genauso sehr erschreckt wie ich, denn augenblicklich rennt er von dem Stein hinunter und versteckt sich hinter einem Baum. Alessia lacht neben mir.

„Was. War. Das. Denn?" frage ich und halte mir eine Hand auf die Brust um meinen Herzschlag wieder zu beruhigen.

„Das war ein Gimmi. Sie leben hier in der Nähe des Teiches, wo es schön feucht ist." sagt Alessia, während sie versucht, sich von ihrem Lachanfall zu beruhigen. Dann hockt sie sich hin und lockt den Kleinen wieder aus seinem Versteck hervor. Diesmal kommen gleich noch einige seiner Freunde mit und sogleich stehen acht Pilze vor mir und starren mich aus kugelrunden, dunklen Augen an. Die Gimmis sehen alle unterschiedlich aus. Manche sind groß und dünn, andere reichen mir gerade mal bis zum Knöchel. Manche haben rote Kappen, andere grüne, wiederum ein anderer Gimmi hat eine gepunktete Kappe und einer hat sogar eine leuchtende. Manche Gimmis kommen neugierig auf mich zugelaufen, während andere schüchtern hinter einem Baum hervorschauen. Der größte und dickste Gimmi steht direkt vor mir und beäugt mich kritisch. Alessia sagt etwas zu ihm, das ich nicht verstehe. Der Gimmi verschwindet daraufhin kurz hinter einem Baum und kommt mit einer großen roten Beere wieder. Er stellt sich auf den Stein, damit er höher steht und überreicht mir die Beere. Sichtlich verwirrt nehme ich sie entgegen.

„Äh, Dankeschön." sage ich und der Gimmi nickt. „Was soll ich jetzt machen?" frage ich an Alessia gewandt.

„Das ist ein Willkommensgeschenk! Eine Beere ihres Heiligen Baumes. Du solltest sie unbedingt probieren, sie schmeckt besser, als sie aussieht!"

„Ah, verstehe." sage ich und beiße einen großen Bissen von der Frucht ab. Sie schmeckt wirklich besser, als ich gedacht hätte.

Ich bedanke mich noch einmal bei den Gimmis und Alessia sagt ihnen, dass wir nun weiter müssen. Ein kleiner Gimmi klettert auf den Stein vor mir und ist trotzdem nicht größer als mein Knie. Er sagt etwas zu mir und Alessia übersetzt für mich: „Er sagt, dass du sie bald wieder besuchen sollst."

„Aww, das mache ich ganz bestimmt, Kleiner!" sage ich gerührt und streichele über seine lila Kappe. Verlegen schaut der Kleine mich an und hüpft dann wieder von dem Stein. Wir verabschieden uns und machen uns wieder auf den Weg.

„Das war wirklich die seltsamste Begegnung, die ich je in meinem Leben hatte." sage ich.

„Ja, aber du wirst dich schnell an die ganzen magischen Wesen gewöhnen. Vor allem die Gimmis schließt man sofort ins Herz. Du wirst sie am Sonntag wiedersehen, sie kommen nämlich auch zur Mondlichtnacht."

„Das mit der Mondlichtnacht musst du mir irgendwann nochmal genauer erklären. Das habe ich noch nicht so ganz verstanden. Aber ich fürchte, ich sollte jetzt wirklich wieder zurück zu meiner Klasse, die suchen mich wahrscheinlich immer noch."

Alessia nickt und begleitet mich zum Waldrand. „Von hier aus weißt du den Weg, oder? Du musst einfach nur dem Pfad bis zum Wegweiser folgen und dann gehst du geradeaus bis zum geheimen Tor. Dort musst du nur noch den Gang entlang in Richtung Süden gehen und nach etwa 3 Minuten kommst du zum Strand von Côte de la Lune." erklärt Alessia.

„Ja, ich glaube, ich finde mich schon zurecht." antworte ich. Zum Abschied umarme ich Alessia und wir vereinbaren, uns morgen direkt nach Sonnenaufgang wieder zu treffen. Ich gehe den schmalen Waldweg zurück und komme schließlich auf die große Wiese mit der Gabelung und dem Wegweiser. Diesmal steht auf dem Pfeil *EINGANG*. Moment mal, kann es sein, dass dieser Pfeil immer genau die Richtung anzeigt, in die man gehen will? Das ist ja praktisch!

Den Weg zur Jugendherberge lege ich so langsam wie möglich zurück, um noch mehr Zeit zu schinden. Ich habe mir noch immer keine Ausrede zurechtgelegt, wo ich denn die ganze Zeit war. Mittlerweile ist es schon 14 Uhr und die warme Nachmittagssonne scheint vom

Himmel. Ich bin mehr als 3 Stunden weggewesen! Und das, ohne meiner Lehrerin Bescheid zu sagen. Wie hätte ich das auch machen sollen? Erstens darf ich niemanden von der Stadt der Elfen erzählen und zweitens... zweitens bin ich nicht einmal freiwillig teleportiert! Das Amulett ist ganz alleine auf mich zugeflogen und *schwupps* - stand ich auch schon auf dem Felsplateau. Ich kann mich nur noch erinnern, dass ich mir kurz davor sehnlichst gewünscht habe, endlich das Tor zu finden. Bedeutet das, ich kann mithilfe des Amuletts überallhin teleportieren, wo ich möchte? Wieso habe ich nicht Alessia danach gefragt? Na gut, dann muss ich es eben alleine herausfinden. Ich biege in eine Seitenstraße ab, in der keine Leute zu sehen sind und betrachte mein Amulett. Soll ich das wirklich wagen? Was ist, wenn sich in dem Raum, in den ich teleportieren möchte, gerade eine andere Person befindet und mich sieht? Ich bin schon kurz davor, dieses Experiment lieber zu unterlassen, doch meine Neugier siegt. Ich muss einfach sichergehen, dass ich in einem Raum lande, der komplett leer ist. Die Vorratskammer! Das ist ein kleiner Raum neben der Küche, den ich gestern zufällig entdeckt habe und in den ich noch nie jemanden rein- oder rausgehen gesehen hab. Bevor ich es mir nochmal anders überlegen kann, mache ich einen tiefen Atemzug und stelle mir so gut es geht die enge Vorratskammer vor meinem geistigen Auge vor. Sofort merke ich, dass mir schwindelig wird und ein greller lila Strahl blendet mich, obwohl ich meine Augen noch immer fest zusammenkneife. Keine zwei Sekunden später wird alles um mich herum dunkel und ich verliere den Halt unter meinen Füßen. Plötzlich endet meine Tele-portation und ich lande in der Vorratskammer und stolpere über einen großen Putzeimer. Unbeholfen fange ich mich mit den Händen ab, um nicht zu stürzen. Das mit dem Landen muss ich noch üben, aber im Teleportieren bin ich echt ein Naturtalent! Wow, das hat Spaß gemacht! Plötzlich wird die Tür aufgerissen und ein dunkelhäutiger Junge mit Küchenschürze starrt mich an.

„Amelie? Ich habe es nur rumpeln hören und dachte, es sei etwas in der Vorratskammer umgefallen. Aber wie bist du denn hier rein-gekommen? Die Tür war doch eigentlich abgeschlossen..." fragt Rafaël und kratzt sich verwirrt am Kopf.

„Äh, also, anscheinend war es doch nicht richtig abgeschlossen." Ich zucke mit den Schultern und ducke mich an ihm vorbei, bevor er noch mehr Fragen stellen kann. Das mit dem Teleportieren war definitiv keine gute Idee gewesen! So schnell es geht, renne ich die Treppen hoch in mein Zimmer, ohne daran zu denken, dass ich mir ja auch noch eine Ausrede einfallen lassen wollte. In meinem Zimmer sitzen Amber und Luisa und als sie mich sehen, springen sie auf und fallen mir um die Arme.

„Wo warst du?" fragen sie gleichzeitig.

„Ich..." fange ich an, breche aber sofort wieder ab. Ich kann doch meine besten Freundinnen nicht anlügen! Aber auf der anderen Seite habe ich natürlich Alessia und vor allem Richard versprochen, niemanden davon zu erzählen. Doch auf die Schnelle fällt mir keine plausible Erklärung ein und Amber und Luisa kennen mich schon so lange, dass sie meine Lüge vermutlich sofort entlarven würden. Was soll ich bloß tun? Oh Mann, ich hasse solche Entscheidungen! Egal, wofür ich mich entscheide, es gibt keine optimale Lösung. Entweder lüge ich meine besten Freundinnen an oder ich breche ein Versprechen. Amber und Luisa schauen mich noch immer aufmerksam an. Soll ich ihnen nun die Wahrheit erzählen oder nicht? Ich blicke von einem erwartungsvollen Gesicht in das Andere. Nein, die Wahrheit kann ich definitiv nicht erzählen. *Oh, hallo Amber und Luisa! Ich bin gerade in einer magischen Elfenwelt gewesen, in der es Feen und einige andere Fabelwesen gibt. Diese Stadt der Elfen befindet sich übrigens IN einem Felsen und es gibt einen magischen Himmel, damit die ganze Zeit die Sonne scheint. Wie ich da hingekommen bin? Ich bin natürlich teleportiert!* Nein, die würden mich definitiv für verrückt halten. So etwas glaubt man nur, wenn man es selbst erlebt hat.

„Ich...war bei einer Freundin, die im Museum arbeitet und sie hat mir noch etwas gezeigt und dann durfte ich mit ihr sogar die Delfine im Meeresmuseum füttern." sage ich. Amber zieht eine Augenbraue hoch. Wusste ich doch, dass sie meine Lüge gleich durchschaut. In so etwas bin ich einfach viel zu schlecht.

„Da hat Frau Aries aber etwas ganz anderes gesagt." sagt sie.

„Frau Aries? Was denn?" Wieso sollte ausgerechnet Frau Aries sich eine Ausrede für mich überlegen? Sie müsste mich doch am meisten gesucht haben.

„Frau Aries meinte, sie hat dir den Auftrag gegeben, eine bestimmte Aufgabe zu erledigen." meint Luisa.

Und auf einmal wird mir so einiges klar... Wie konnte ich nur solche Tomaten auf den Augen haben?

„Wo ist Frau Aries? Ich muss dringend mit ihr sprechen!" sage ich und bin plötzlich ganz aufgeregt.

„Bedeutet das, Frau Aries hat dir wirklich eine Aufgabe gegeben? Was musstest du denn machen? Und wieso willst du uns es nicht erzählen und sagst, du hast dich mit einer Freundin aus dem Museum getroffen? Man hat dir doch an der Nasenspitze angesehen, dass du lügst!" sagt Luisa neugierig.

„Das erkläre ich euch nachher alles. Aber jetzt muss ich wirklich zu Frau Aries. Wisst ihr zufällig, wo ihr Zimmer ist?" Die beiden schütteln den Kopf.

„Ok, dann muss ich sie eben suchen." Ich drehe mich um und renne die Treppe in die untere Etage hinunter. Im Empfangsbereich steht Frau Aries, so als ob sie auf mich gewartet hat.

„Ah, Amelie, du bist wieder zurück!" sagt sie zu mir.

Als ich näher trete, bestätigt sich meine Vermutung. Wieso habe ich so lange gebraucht, um dieses Rätsel zu lösen? Jetzt, wo ich es weiß, kann man es gar nicht mehr übersehen.

Kapitel 9

Frau Aries ist die Frau von dem Foto! Oh Gott, wie habe ich das bloß übersehen können? Mir war gleich klar, dass mir diese Person irgendwie bekannt vorkommt, aber dass es meine Lehrerin ist, darauf bin ich nicht gekommen. Jetzt weiß ich allerdings auch, wieso mir der Name nichts gesagt hat.

„Sie sind Ophelia?" frage ich.

„Ja, das ist mein Vorname." Frau Aries lächelt.

„Deswegen kennen Sie auch meine Mutter und vermutlich wussten Sie sogar, dass ich in der Stadt der Elfen bin."

„Genau. Aber wir sollten das vielleicht nicht unbedingt hier auf dem Gang besprechen. Komm mit, wir können uns gerne in mein Zimmer setzen." Sie geht voran und ich folge ihr. Frau Aries' Raum ist sehr viel größer als die restlichen Hotelzimmer. Ein großer Holzschreibtisch steht an der gegenüberliegenden Wand und das Sonnenlicht strahlt durch ein Fenster. Die geblümte Bettdecke ist ordentlich zurück-geschlagen und alles steht an seinem Platz. Frau Aries hängt ihre Strickjacke an einen Haken und setzt sich aufs Bett. Mit einer Handbewegung bedeutet sie mir, dass ich mich auf den Schreib-tischstuhl setzen darf.

„Wie lang wussten Sie und meine Mutter schon, dass ich so ein Amulett bekomme?" frage ich sofort.

„Nicht lang! Es ist zwar relativ geläufig, dass so etwas in der Familie weitergegeben wird, aber man kann sich da nie ganz sicher sein. Und da diese Chance bestand, dass du eben keins bekommst, durfte deine

Mutter dir auch nie etwas über die Stadt der Elfen erzählen, falls du dich das gefragt hast. Aurelia weiß es auch erst seit gestern und versucht nun so schnell es geht, mit dem Flugzeug hierherzukommen, aber der nächste freie Flug ist leider erst morgen Nachmittag. Und ich habe es auch nur durch deine Mutter erfahren, da sie mir dein Geburtstagsgeschenk zugeschickt hat und es mir da erzählt hat. Und das war wiederum der einzige Grund, warum ich von dem Amulett wusste und sofort einschreiten konnte, als der Busfahrer dein Amulett hatte." sagt sie.

„Sie haben das gesehen?" Hoffentlich war sie die einzige, die mich beobachtet hat.

„Ja, ich wollte zufällig auch gerade in diese Ausstellung. Dann habe ich euch beide gesehen und habe das Amulett zu dir fliegen lassen. Meine Fähigkeit ist nämlich Telekinese. Ich konnte ja nicht wissen, dass du deine Fähigkeit sofort einzusetzen weißt und teleportierst. Normalerweise dauert es ein paar Wochen, bis man seine Fähigkeit beherrscht. Ich habe mir im ersten Moment sehr viele Sorgen gemacht, schließlich hättest du sonst wo landen können. Aber Gott sei Dank hat mich Richard dann kontaktiert und gesagt, dass du wohlauf bist." Ich schaue sie perplex an. Sagte sie gerade, sie kann *Telekinese*? Das ist so cool!

„Darf ich mal Ihr Amulett sehen?" frage ich vorsichtig.

„Aber natürlich!" Sie löst ihre Kette vom Hals und reicht mir das Amulett, das sonst immer gut unter ihrem Kleid versteckt ist. Es ist orange mit kleinen silbernen Sprenkeln.

Am nächsten Morgen stehe ich abermals um 5 Uhr auf und mache mich auf den Weg zur Stadt der Elfen. Frau Aries, oder besser gesagt Ophelia, hat mir versprochen, sich eine Ausrede einfallen zu lassen, denn schließlich muss ich heute fast den ganzen Tag über in der Stadt der Elfen sein, da meine Zeremonie stattfindet. Ein aufgeregtes Kribbeln macht sich in meinem Bauch breit. Ich habe überhaupt keine Ahnung, was mich bei dieser Zeremonie erwartet! Muss ich womöglich eine Prüfung ablegen? Ich laufe durch die leeren Gassen. Auf einmal kommt jemand auf mich zugerannt. Es ist Alessia! Hatten wir nicht eigentlich ausgemacht, uns vor dem Tor zu treffen? Ich renne ihr entgegen und umarme sie. Doch da bemerke ich, dass Alessia im Gegensatz zu sonst ganz und gar nicht glücklich aussieht.

„Was ist passiert?" frage ich alarmiert, als sie sich mit dem Handrücken über die Augen wischt.

„Du weißt doch, dass ich jeden Morgen an den Strand komme, um mir den Sonnenaufgang anzuschauen." sagt sie und ich nicke. „Aber heute hat mir Gianno aufgelauert und mir mein Amulett gestohlen und nun komme ich nicht mehr durch das Tor! Und noch schlimmer: In 2 Tagen ist die Mondlichtnacht und wenn ich bis dahin mein Amulett noch nicht zurückhabe, können wir das Ritual nicht durchführen und somit kann der Schutz der Stadt der Elfen nicht aufrechterhalten werden." sagt sie traurig und vergräbt ihr Gesicht zwischen ihren Händen. „Oh Gott, was soll ich jetzt nur machen?" Mitfühlend streiche ich ihr über den Rücken.

„Keine Sorge, ich helfe dir beim Suchen! Wir werden Gianno schon irgendwie auffinden und dann dein Amulett zurückholen." sage ich hoffnungsvoller, als ich mich eigentlich fühle. „Hast du Richard schon Bescheid gesagt?" frage ich. Alessia schüttelt den Kopf.

„Nein, ohne mein Amulett kann ich ja nicht mit ihm kommunizieren."

„Okay, uns wird schon etwas einfallen." Ich führe sie über den Strand und wir gehen den kleinen Pfad entlang, der gut hinter zwei Büschen versteckt ist. Als wir auf dem Felsplateau ankommen, wischt Alessia in einer routinierten Bewegung über die Initialen, nur um festzustellen, dass sie ohne ihr Amulett das Tor ja gar nicht öffnen kann.

„Oh" sagt sie und tritt einen Schritt zurück, damit ich das Tor öffnen kann. Ich streiche mit dem Daumen über die Buchstaben und sofort öffnet sich ein Spalt im Fels.

„Wofür stehen eigentlich diese Initialen? Ich habe sie schon an mehreren Stellen in Côte de la Lune gesehen." frage ich, als wir durch den dunklen Gang laufen.

„GK steht für Gavin Keith, der Gründer der Stadt der Elfen. Er war ein Elf und ich habe dir ja schon erzählt, dass er damals das Ei vom Ende des Regenbogens geholt hat und mithilfe von Pearl den magischen Schutz erschaffen hat. An den Stellen, wo diese Initialen in den Felsen eingelassen sind, bündelt sich die magische Energie." Wir biegen an der Gabelung rechts ab. Diesmal ist die Barriere, die sonst Menschen davon abhalten soll, das Tor zu finden, abgestellt. Wir gelangen an das Ende des Ganges und ich drücke den Kristall nach unten. Sofort erleuchten unzählige andere Kristalle um mich herum in einem strahlenden Lila.

„Wow, das sieht echt magisch aus!" sage ich und betrachte die Felswände, die nun von den Kristallen angestrahlt werden. Dann wende ich mich den Buchstaben zu, die vor mir in der Luft schweben.

„Wie kommst du jetzt eigentlich durch das Tor?" frage ich Alessia. „Oder muss ich etwa alleine gehen und Hilfe holen?"

„Wir müssen versuchen, uns zusammen durchzuquetschen." antwortet sie. „Ich habe keine Ahnung, ob das funktioniert, aber einen Versuch ist es wert."

Ich nicke und betrachte den Rand meines Amuletts, auf dem augenblicklich das Passwort erscheint: *WUNDERBEERE*

„Was ist eine Wunderbeere?" frage ich, nachdem ich das Passwort eingegeben habe und die Felswand vor uns „flüssig" wird. Alessia nimmt meine Hand und wir gehen zeitgleich durch das Tor. Als wir auf der anderen Seite stehen und von der Sonne, die schon hoch am magischen Himmel steht, geblendet werden, antwortet Alessia: „Das ist die Hauptspeise hier. Alle magischen Wesen ernähren sich hauptsächlich von Früchten oder anderen Sachen, die wir selbst anbauen."

Wir schlendern über die Wiese und ich genieße die frische Morgenluft. Das ist doch verrückt, dass wir uns eben noch am Strand befanden und mit ein paar Schritten sind wir in einer komplett anderen Welt. Einer magischen, die sich *in* einem Felsen befindet. So richtig real fühlt sich das für mich immer noch nicht an.

„Du sagtest gestern, dass du schon dein ganzes Leben hier wohnst."

Ich werfe Alessia einen fragenden Blick zu.

„Das stimmt! Ich bin Halbelfe."

„Du bist *was*?" platzt es aus mir heraus. Meine Güte, hört das mit den ganzen kuriosen Überraschungen denn gar nicht mehr auf?

„Eine Halbelfe. Mein Vater ist auch Amulett-Träger und hat meine Mutter hier in der Stadt der Elfen kennengelernt. Ich kann dir nachher gerne unser Zuhause zeigen. Oh ja, das ist eine gute Idee. Mama und Papa werden sich sicher freuen, dich kennen zu lernen."

Wir laufen den Hügel hinunter und gehen in das Schloss, dessen Tore, wie es anscheinend hier üblich ist, sperrangelweit offen stehen, so dass jeder hereinspazieren kann. Richard befindet sich dieses Mal nicht in dem großen Saal, also führt mich Alessia in die zweite Etage, in dem Richards Büro liegt. Mich würde es sehr interessieren, wofür ein König eines magischen Reiches ein Büro benötigt, aber ich halte mich mit meinen Fragen zurück. Alessia öffnet eine große Flügeltür und dahinter liegt ein weiträumiges Büro mit einem riesigen Schreibtisch, hinter dem Richard sitzt und gerade irgendwelchen Papierkram erledigt. Als er uns sieht, steht er auf und begrüßt uns herzlich. Ich kann den Impuls, einen Knicks zu machen, noch geradeso unterdrücken, denn schließlich habe ich mich schon beim letzten Mal etwas lächerlich gemacht. Nachdem ich ihm unser Anliegen erklärt habe und Alessia ihre Situation ausgiebig geschildert hat, herrscht erst einmal Stille. Nach einer kurzen Pause sagt er schließlich: „Ich danke euch, dass ihr sofort zu mir gekommen seid und mir Bescheid gegeben habt. Alessia, mache dir bitte keine Sorgen, wir werden bestimmt eine Lösung finden, dein Amulett rechtzeitig wiederzufinden. Ich werde sogleich eine Gruppe freiwilliger Elfen in die Menschenwelt schicken, damit sie es suchen können. Ihr müsst euch darüber keine Gedanken machen."

„Aber- wir stecken doch mitten in den Vorbereitungen für die Mondlichtnacht! Es ist das wichtigste Ereignis des Jahres! Es will bestimmt kein Elf seine Vorbereitungen unterbrechen, nur um nach meinem Amulett zu suchen. Ich kann das auch selbst machen, schließlich ist es meine Schuld." sagt Alessia traurig.

„Und ich helfe ihr selbstverständlich dabei." verspreche ich. Alessia nickt mir dankbar zu, doch Richard schüttelt den Kopf.

„Nein, auf gar keinen Fall. Ich denke langsam, dass dieser Gianno eine ernst zu nehmende Bedrohung ist. Ich habe nicht die geringste Ahnung, wo er dieses ganze Wissen über die Stadt der Elfen her hat, wo doch eigentlich alle Quellen schon vor langer Zeit aus der Menschenwelt entfernt worden sind." sagt er nachdenklich. „Aber du hast Recht. Wir stecken tatsächlich mitten in den Vorbereitungen für das Fest und viel Zeit bleibt uns auch nicht mehr."

„Alessia und ich können doch versuchen, das Amulett zu finden und wenn es uns bis morgen nicht gelungen ist, dann kannst du immer noch einen Trupp losschicken, der es aufspürt." schlage ich vor. Alessia und ich schauen Richard erwartungsvoll an.

Er seufzt und sagt schließlich: „Na gut, ich erlaube es euch. Aber seid äußerst vorsichtig und unterschätzt ihn nicht! Wenn er so viel über die Stadt der Elfen weiß, weiß er womöglich auch, wie man das Amulett benutzt. Und vor allem du musst aufpassen, Amelie! Wir können es uns nicht leisten, dass er auch noch ein zweites Amulett besitzt. Und denkt dran, heute Nachmittag 16 Uhr müsst ihr pünktlich wieder hier sein, da findet die Zeremonie statt!"

Ach herrje, die Zeremonie habe ich schon wieder ganz vergessen! Und dann muss ich mir nachher auch noch eine Ausrede für meine Klasse einfallen lassen, denn während meine Klasse heute wieder nach Hause fahren wird, werde ich hier bleiben, weil ich am Sonntag bei der Mondlichtnacht anwesend sein muss. Aber darüber mache ich mir später Gedanken! Jetzt müssen wir erst einmal Alessias Amulett wiederfinden. Doch als wir aus dem Schloss heraustreten, zieht mich Alessia in die falsche Richtung.

„Hey, wo gehst du denn hin? Wir müssen doch durch das Tor. Gianno befindet sich schließlich außerhalb der Felsen." sage ich verwundert.

„Ich weiß, aber ich will erst noch etwas bzw. jemanden holen, der uns beim Suchen hilft. Und dafür müssen wir zu mir nach Hause." antwortet Alessia. Ich frage sie, wen sie damit meint, aber sie will mir partout nicht antworten.

„Das wirst du dann schon sehen!" sagt sie kichernd und zieht mich weiter den Pfad entlang. Diesen Weg bin ich bisher noch nie entlanggelaufen. Er führt über einen weiteren Hügel und nach ein paar Minuten erreichen wir die Kuppel. Von dort aus kann man wunderbar in das weite Tal blicken, das sich davor ausbreitet. Der Großteil der Fläche ist von Bäumen bedeckt. Jedoch erkennt man ganz deutlich, dass das kein Wald ist, denn die Bäume stehen in großem Abstand zueinander, so als ob sie alle einzeln genau an diese Stelle gepflanzt wurden. Die Bäume sind riesig und die Stämme sind so dick, dass es mindestens 10 Leute braucht, um sie zu umfassen.

„Darf ich vorstellen, die Stadt der Elfen!" sagt Alessia feierlich und deutet mit der Hand eine ausschweifende Bewegung an.

„Das ist der Wahnsinn!" sage ich erstaunt. Als wir den Hügel hinunterlaufen, kann ich mich gar nicht an den ganzen bunten Farben und Formen satt sehen und muss mich regelmäßig daran erinnern, den Mund zu schließen.

„Sind das eure Häuser?" frage ich, als wir näher kommen und ich bemerke, dass in den Baumwipfeln riesige Baumhäuser zwischen den Ästen hervorschauen. Ab und zu sind sogar in den Stämmen ein paar Fenster zu sehen.

Alessia nickt. „Hier entlang!" sagt sie und zieht mich an drei gigantischen Bäumen, dessen Baumhäuser mit einer Hängebrücke verbunden sind, vorbei. Gekonnt manövriert sie mich durch das Labyrinth aus Bäumen, bis wir schließlich vor einem etwas kleineren Baum mit herzförmigen, saftgrünen Blättern stehen. In der Krone sitzt ein wunderschönes hölzernes Baumhaus mit runden Fenstern.

„Hereinspaziert!" sagt Alessia und deutet mir mit einer Handbewegung den Vortritt an.

„Äh und wie?" frage ich verwirrt, da ich nirgends eine Tür oder eine Leiter entdecke und mir keine andere Möglichkeit einfällt, das Baumhaus zu erreichen, welches sich mindestens 15 Meter über dem Boden befindet.

„Na, wir gehen einfach durch den Stamm." Alessia drückt auf einen kleinen Kristall, der in der Rinde des Baumes klemmt und augenblicklich wird die Rinde „flüssig", genau wie das Tor am Eingang zur Stadt der Elfen. Sanft schubst mich Alessia durch die Rinde und zwei Sekunden später stehe ich im Wohnzimmer von Alessias Baumhaus. Ich trete einen Schritt zur Seite, als Alessia hinter mir den Raum betritt.

Anscheinend sind wir aus dem riesigen Stamm gekommen, der sich durch das Wohnzimmer krümmt und sowohl als Esstisch dient, als auch als Treppe in die obere Etage. Ich schaue mich in dem restlichen Zimmer um, das trotz der außergewöhnlichen Einrichtung richtig gemütlich aussieht. Anscheinend ist das Haus auch sehr viel größer, als man von außen erwartet. Wir bücken uns unter dem Stamm hindurch und befinden uns in der Küche. An einem Herd mit vielen ungewöhnlichen Geräten steht eine hübsche Frau mit schulterlangem, blondem Haar und rührt in einem Topf, während sie leise vor sich hin singt. Ein gutriechender, süßer Duft steigt mir in die Nase.

„Hallo Mama, an was tüftelst du denn da gerade?" fragt Alessia. Ihre Mutter, die uns anscheinend erst jetzt bemerkt hat, schaut auf und lächelt uns mit dem gleichen freundlichen Lächeln an, das auch Alessia hat.

„Ach, nur ein kleiner Heiltrank für eine Kundin." Dann wendet sie sich an mich und sagt: „Du musst Amelie sein! Es freut mich sehr, dich kennen zu lernen! Fühl dich bitte wie Zuhause!" Ich nicke und lächele freundlich zurück.

„Das ist Thea, meine Mutter. Sie ist Heilerin und stellt ein paar Kräuter-tees und -salben her. Also falls du mal krank bist, bist du hier am besten aufgehoben." erklärt Alessia.

Unauffällig betrachte ich Thea. Wenn das Alessias Mutter ist, muss sie eine Elfe sein! Aber sie sieht gar nicht so aus, wie ich mir eine Elfe vorgestellt habe. Zwar ist sie schlank und groß und hat eine zierliche Gestalt, aber ich kann keine spitzen Ohren sehen und sie trägt auch kein Kleid, das aus Blättern und Blüten hergestellt ist.

„Ist Papa auf dem Dach?" fragt Alessia.

„Ja, schon seit heute Morgen kümmert er sich um seine Pflanzen. Du weißt ja, wie wichtig sie ihm sind." antwortet Thea mit einem Augenzwinkern. Alessia nickt und wir gehen der Baumtreppe nach oben. Wir kommen an einer zweiten Etage vorbei, in der ich die Schlafräume vermute, und gelangen schließlich auf das Dach. Das Dach ist ganz flach und auf der gesamten Fläche sind Beete mit den verschiedensten Pflanzen und Kräutern angelegt. Einige Sonnenstrahlen fallen durch das Blätterdach über uns und werfen Lichtflecken auf den Boden. Weiter hinten auf dem Dach kniet ein Mann auf der Erde und sät gerade ein paar Samen aus. Als er uns sieht, steht er auf und klopft seine dreckigen Hände an seiner Arbeitshose ab. Er hat dunkelbraunes, lockiges Haar, das Alessia definitiv von ihm geerbt hat. Genauso wie die kleinen Grübchen in den Wangen, wenn er lächelt.

„Oh, hallo Alessia!" sagt er und gibt seiner Tochter einen flüchtigen Kuss auf die Stirn.

„Das ist meine Freundin Amelie. Sie ist außerdem die Trägerin des siebten Amuletts." stellt Alessia mich vor.

„Ich bin Florin." stellt er sich ebenfalls vor und reicht mir seine Hand.

„Hallo." Ich schüttele seine Hand, an der noch immer etwas Erde klebt, aber das stört mich nicht.

„Mein Papa besitzt auch ein Amulett! Er kann besonders gut mit Pflanzen umgehen, noch besser sogar als mancher Elf, obwohl die ja von Geburt an Naturkräfte haben." Florin nickt und zeigt mir das grüne Amulett, das um seinen Hals baumelt.

„Aber eigentlich sind wir hier, weil wir Flaumi abholen wollten." sagt Alessia und steuert auf ein sehr, sehr kleines Baumhaus zu, das in einem der Äste hängt. Ich vermute, dass *Flaumi* Alessias Haustier ist und das Baumhaus eine Art Hundehütte, nur halt für Flaumi – was auch immer das für ein Lebewesen ist. Das Baumhäuschen von Flaumi ist sehr liebevoll gestaltet: klitzekleine Fenster mit rosa Rahmen und sogar einem kleinen Garten vor der Tür, in dem Gänseblümchen blühen. Mit einem Finger klopft Alessia an die winzige Tür, die sich kurz darauf öffnet. Und heraus kommt das seltsamste Wesen, das ich je gesehen habe. Aber vermutlich auch das Niedlichste. Das kleine Wesen ist etwa doppelt so groß wie eine Faust und sieht auf den ersten Blick aus wie ein sehr flauschiges Wollknäul. Aus dem weichen, himmelblauen Fell gucken je zwei rosa Füßchen und Ärmchen heraus. Verschlafen blickt mich Flaumi durch zwei große Glubschaugen, die mit langen Wimpern umrahmt sind, an. Dann kommt es zutraulich zu mir geflogen und kuschelt sich an meine Wange.

„Oh, wie süß!" sagt Alessia entzückt. Das kleine Wesen fliegt nun auch zu Alessia und genießt eine kleine Streicheleinheit von ihr. Es hat zwei rosa Flügel, die ein bisschen den Flügeln von Fledermäusen ähneln. Außerdem hat es einen rosa Haarbüschel auf dem Kopf und daneben wackeln zwei kleine lustige Antennen.

„Mit seinen Antennen kann Flaumi Sachen und Personen orten." erklärt mir Alessia, während wir den Gang durch den Felsen laufen. „So gelingt es uns bestimmt schneller, mein Amulett aufzuspüren, stimmt's Flaumi?" Flaumi wackelt bloß verständnislos mit seinen Antennen.

„Ach ja, das habe ich ganz vergessen! Wenn ich mein Amulett nicht trage, kann weder ich mit ihm reden, noch kann er mich verstehen. Das wird natürlich eine Herausforderung, aber ich bin mir sicher, wir schaffen es trotzdem!" Der übliche Optimismus ist wieder zu Alessia zurückgekehrt. Das liebe ich so an ihr, dass sie immer positiv in die Zukunft blickt! Bevor wir durch das Tor nach draußen treten, bleibt Alessia stehen. „Es tut mir leid, Flaumi, aber in der Menschenwelt darf dich niemand sehen! Du musst dich solange hier in meinem Rucksack verstecken, okay?" Sie gestikuliert wild herum, bis Flaumi schließlich versteht, was sie von ihm will. Nur sehr widerwillig kommt er der Aufforderung nach - verständlich, ich hätte auch keine Lust, mich in einen Rucksack zu quetschen. Sobald Flaumi „verstaut" ist, treten wir nach draußen auf das Felsplateau und gehen den Pfad entlang hinunter zum Strand. Während es in der Stadt der Elfen gefühlt schon Mittag war, ist hier gerade mal die Sonne aufgegangen und die ersten Menschen baden im Meer.

„Gibt es in der Stadt der Elfen andere Tageszeiten?" frage ich deshalb.

„Ja, tatsächlich sind die Tageszeiten etwas verschoben. Das liegt daran, dass die Elfen weniger Schlaf als Menschen brauchen und daher der magische Himmel so verzaubert wurde, dass die Sonne früher aufgeht und auch erst später untergeht. So hat man mehr vom Tag, das ist echt praktisch!"

„Wenn du dir also jeden Morgen den Sonnenaufgang hier anschaust, hat in der Stadt der Elfen schon längst der Tag begonnen?"

„Ganz genau."

„Verrückt."

Alessia kichert und wir gehen über den Strand und kommen am *Vue de Mer*, dem Café am Strand, vorbei. Hier habe ich vorgestern den letzten Hinweis gefunden.

Wir biegen in eine Seitenstraße ein, in der zu dieser frühen Zeit noch niemand auf der Straße ist.

„Wo gehen wir eigentlich hin? Ich habe gar keine Ahnung, wo Gianno überhaupt wohnt!" sage ich.

„Ich auch nicht, aber dafür haben wir ja Flaumi mit!" antwortet Alessia gut gelaunt. Sie sieht sich vorsichtig nach allen Seiten um und öffnet dann langsam den Reißverschluss ihres Rucksackes. Augenblicklich kommt Flaumi herausgeschossen und dreht freudig zwei Loopings.

„Stopp, Flaumi! Wir müssen trotzdem vorsichtig sein, dass uns niemand sieht!" sagt Alessia und sofort bleibt Flaumi in der Luft stehen. Auch wenn sie gerade nicht mit Flaumi sprechen kann, merkt man eindeutig, wie gut sie mit Tieren umgehen kann.

„Also, wir müssen mein Amulett zurückfinden." sagt Alessia und zeigt mit dem Zeigefinger erst auf mein Amulett und dann auf sich selbst, um Flaumi zu erklären, nach was wir suchen. Flaumi nickt aufgeregt und plötzlich fangen seine Antennen an zu blinken. Die Abstände werden immer kürzer, bis die Antennen schließlich durchgängig leuchten und in eine Richtung zeigen. Flaumi fliegt in diese Richtung und wir folgen ihm eilig. Am Ende der Straße biegen wir links ab, dann rechts, dann zweimal links, nochmal rechts und dann immer geradeaus, bis ich schließlich komplett die Orientierung verloren habe. Flaumi führt uns durch ganz Côte de la Lune und stets müssen wir aufpassen, dass uns keiner begegnet. Das gelingt uns auch ganz gut, bis wir an einer

111

Kreuzung einem Mann begegnen und Alessia Flaumi schnellstmöglich schnappt und unter ihrem T-Shirt versteckt. Der Mann scheint nichts bemerkt zu haben und läuft ganz normal an uns vorbei.

„Puh, das war knapp." sagt Alessia und lässt Flaumi wieder frei. Er fliegt um eine weitere Ecke und schließlich stehen wir vor einem kleinen Haus, am Ende einer Sackgasse. Das Haus ist klein und hat einen weißen Anstrich.

„Ist das Gianno's Haus?" frage ich und halte Ausschau nach einem Schild, auf dem der Name des Bewohners draufsteht, kann aber keines finden. „Und was nun?"

„Na, du musst rein!" sagt Alessia.

„Was, ich?" frage ich verwirrt.

„Na klar, wer von uns beiden kann denn teleportieren und hat sein Amulett noch?"

„Achso, hab ich vergessen." sage ich und wende mich der Haustür zu. Soll ich das wirklich machen? Ich kann doch nicht einfach in ein fremdes Haus einbrechen. Mir ist nicht wohl bei der ganzen Sache. Alessia scheint dies zu bemerken und legt mir beruhigend eine Hand auf die Schulter.

„Du musst das nicht machen, wirklich. Aber es ist unsere einzige Chance, mein Amulett zurückzuholen. Ich bin ja eigentlich auch nicht der Typ für so etwas, aber im Prinzip holen wir uns ja nur das zurück, was ohnehin uns gehört. Wenn du drinnen bist, kannst du mir von innen die Tür aufmachen, dann kann ich dir beim Suchen helfen. Wir finden das Amulett und ohne dass es irgendjemand merkt, sind wir auch schon wieder weg. Wir nehmen nichts, was nicht uns gehört." Ich nicke und wende mich entschlossen dem Haus zu.

Da ich wissen muss, wie es an dem Ort aussieht, an den ich teleportieren will, schaue ich durch das kleine Fenster neben der Tür. Sieht aus, als wäre dies das Wohnzimmer. Ich versuche mir möglichst viele Details einzuprägen und schließe dann die Augen, um mich zu konzentrieren. Bevor ich meine Meinung wieder ändern kann, stelle ich mir mit all meiner Willenskraft vor, in diesem Raum zu sein und augenblicklich beginnt dieses merkwürdige Kribbeln in meinem Bauch. Ich werde von lila Licht geblendet und der Boden unter meinen Füßen verschwindet. Für den Bruchteil einer Sekunde wird alles schwarz um mich herum und dann befinde ich mich im Wohnzimmer von Gianno's Haus. *Wahnsinn*. Ich habe mich immer noch nicht ganz daran gewöhnt, dass ich wirklich über so eine magische Gabe verfüge und tatsächlich *teleportieren* kann. Doch wie ich schon beim letzten Mal festgestellt habe: Im Teleportieren bin ich ein Naturtalent, im Landen dagegen nicht. Ich komme unsanft auf dem Boden auf, verliere das Gleichgewicht und stolpere einige Meter zur Seite. Und dabei schmeiße ich eine unglaublich teure und altaussehende Vase um. Scheppernd zerspringt das Porzellan auf dem Boden. Mist. So viel zu unbemerkt durchs Haus schleichen. Ich verharre ein paar Sekunden reglos, in der Hoffnung, dass ich Gianno trotzdem nicht geweckt habe. Doch plötzlich fängt ein Hund an zu bellen und gleich danach wird eine Tür aufgerissen.

„Was hast du denn jetzt schon wieder angestellt, Pepper?" fragt Gianno. Ehe ich mich verstecken kann, kommt Gianno zusammen mit einem Golden Retriever, der anscheinend Pepper heißt, in das Zimmer. Verwirrt starrt Gianno von mir zu den Porzellanscherben am Boden und dann wieder zurück zu mir.

„Äh, das war keine Absicht." sage ich, hebe ein paar große Scherben vom Boden auf und lege sie auf den Tisch.

„Wie bist du hier reingekommen?" fragt Gianno und bevor ich antworten kann, fügt er hinzu: „Ach ja, ich habe vergessen, dass du teleportieren kannst! Dann bist du bestimmt hier, um das Amulett deiner Freundin zu holen. Aber diesmal bekommst du es nicht so leicht, ich habe nämlich schon längst herausgefunden, was dessen Fähigkeit ist!" sagt Gianno siegessicher und nun bemerke ich auch das rosafarbene Amulett um seinen Hals. Ok, ich weiß also schonmal, wo sich das Amulett befindet, bleibt nur noch die Frage, wie ich da rankomme... Da erinnere ich mich, dass beim letzten Mal das Amulett einfach zu mir geflogen ist. Aber das hatte etwas mit Ophelias Kräften zu tun, die jedoch gerade nicht hier ist und dementsprechend muss ich mir selbst etwas einfallen lassen. Ich schaue mich in dem Raum um. Nirgendswo liegt ein Gegenstand, nicht einmal ein Hundespielzeug, herum und alles ist penibel aufgeräumt. In den Regalen steht alles ordentlich an seinem Platz und kein einziges Staubkörnchen ist auf den Regalbrettern zu erkennen. In dem Raum stehen ausschließlich ein Fernseher und ein altes Ledersofa mit einem Tisch. Aber ansonsten nichts, das mir irgendwie helfen könnte. In Ermangelung anderer Optionen mache ich ein paar Schritte auf Gianno zu und überlege fieberhaft, wie ich ihm das Amulett abnehmen kann. Gianno lacht nur und dann sagt er: „Los, Pepper, zeig ihr mal, was du alles kannst." Pepper bellt und springt hechelnd auf mich zu. Eigentlich

114

sieht der kleine Golden Retriever ganz süß aus, doch auch Gianno habe ich am Anfang völlig falsch eingeschätzt und gar nicht erkannt, zu was er alles fähig ist. Man sollte sich also nicht vom ersten Eindruck täuschen lassen! Pepper springt an mir hoch und versucht, die Kette meines Amulettes abzubeißen. Schnell weiche ich zurück und lege schützend meine Hände um das Amulett. Ok, so wird das schonmal gar nichts. *Du musst dich konzentrieren, Amelie!* Was kann ich nur tun, um an das Amulett zu kommen? Bevor ich eine Lösung für mein Problem finde, startet Gianno den nächsten Angriff auf mich und kommt nun von der anderen Seite auf mich zugeschritten. Nun stecke ich völlig in der Klemme. Wenn ich nicht will, dass mein Amulett auch noch gestohlen wird, sollte ich schnellstens verschwinden! Ich konzentriere mich, so gut wie es in dieser Situation eben geht und spüre das wohlbekannte Kribbeln im Bauch. Doch Gianno hat anscheinend gemerkt, was ich vorhabe und kommt nun noch schneller auf mich zu. Er sagt etwas zu Pepper, das ich allerdings nicht mehr verstehe, denn mir wird bereits schwindelig und die Welt um mich herum fängt an, sich zu drehen. Wann kommt denn endlich das lila Licht? Trotz meiner verschwommenen Sicht sehe ich, wie Gianno die Hand nach mir ausstreckt. Nein! Und dann, gerade rechtzeitig, blendet mich der lila Strahl.

Kapitel 10

Ich lande auf dem Felsplateau. Puh, das war knapp! Doch wie mir nun bewusst wird: Alessia befindet sich nun alleine vor Giannos Haus und weiß gar nicht, was passiert ist! Während ich teleportiert bin, habe ich einfach an den erstbesten Ort gedacht, der mir eingefallen ist und das war der Ort, an den ich beim ersten Mal teleportiert bin. Ich muss wieder zu Alessia! So schnell es geht, renne ich den Pfad entlang, über den Strand und dann in das Wohngebiet, in dem Gianno wohnt. Als ich um eine Straßenecke biege, kommt mir Alessia auch schon entgegen. Völlig außer Atem bleibe ich stehen.

„Entschuldige, Gianno hat versucht mein Amulett zu nehmen und das musste ich natürlich verhindern und bin deswegen teleportiert. Ich hatte leider keine Chance, das Amulett zu holen. Er trägt es die ganze Zeit um seinen Hals und hat sogar herausgefunden, dass er damit mit Tieren sprechen kann!"

„Oh, das ist schlecht. Sehr schlecht." ist das einzige, was Alessia erwidert. Sie scheint mir keine Vorwürfe zu machen, dass ich ihr Amulett nicht geholt und stattdessen einen Rückzug gemacht habe.

„Was machen wir jetzt?" frage ich. Alessia zuckt mit den Schultern.

„Dann müssen wir es wohl doch den anderen überlassen und hoffen, dass sie mehr Glück haben als wir. Aber wenn Gianno bereits weiß, wie er die Magie des Amuletts benutzen kann, wird das gar nicht mal so leicht." Eine Weile grübeln wir vor uns hin.

„Kann er denn noch gefährlichere Dinge mit dem Amulett anstellen, als mit Tieren zu sprechen?"

„Ja, er könnte das Amulett zerstören und damit die Magie der Stadt der Elfen erheblich schwächen."

„Ich glaube nicht, dass er das tun würde." sage ich. „Er hat mir gesagt, sein Ziel ist es, selbst ein Amulett zu besitzen und in die Stadt der Elfen zu gehen, wieso sollte er jetzt, wo er sein Ziel fast erreicht hat, diese Chance zerstören?"

„Vielleicht hast du Recht, aber sicher sein können wir uns nicht. Und es nützt sowieso nichts, wenn wir das Amulett bis zur Mondlichtnacht nicht haben, denn dann kann das Ritual nicht durchgeführt werden und alle Mühe wäre umsonst. Ich weiß gar nicht, was passiert, wenn wir das Amulett nicht bis zur Mondlichtnacht zurückbekommen. So etwas ist wahrscheinlich noch nie passiert. Aber ehrlicherweise will ich auch nicht die Erste sein, die es herausfindet."

Schweigend laufen wir den Weg zurück zum Strand, um wieder in die Stadt der Elfen zu gehen. Dann fällt mir ein: „Bevor heute Nachmittag meine Zeremonie stattfindet, muss ich nochmal in die Jugendherberge! Schließlich muss ich meinen Freunden irgendeine Ausrede auftischen, warum ich nachher nicht wieder mit nach Hause fahre..." Oh je, darüber habe ich noch gar nicht nachgedacht! Die Klassenfahrt ist zu Ende und meine Klasse fährt noch heute wieder zurück. Aber ich kann natürlich nicht mitfahren, da heute Nachmittag meine Zeremonie stattfindet.

„Oh ja, klar. Aber dann muss ich mitkommen, ich kann ja ohne mein Amulett nicht alleine in die Stadt der Elfen zurückkehren." sagt Alessia.

„Ach ja stimmt, das habe ich vergessen. Aber umso besser, dann kann ich einfach sagen, dass du eine Freundin von mir bist und meine Mutter und ich spontan entschlossen haben, noch ein paar Tage deine Familie zu besuchen."

Wir kehren um und machen uns auf den Weg zur Jugendherberge. Bisher habe ich meine Bedenken in Bezug auf meine Zeremonie einfach verdrängt, aber jetzt kann ich sie nicht länger ignorieren. Ich habe keinen blassen Schimmer, was bei so einer Zeremonie überhaupt passiert. Allein bei dem Gedanken, dass ich womöglich eine Prüfung ablegen muss, fangen meine Knie an zu zittern. Schließlich weiß ich erst seit gestern, dass es die Stadt der Elfen überhaupt gibt.

„Äh, Alessia? Was passiert eigentlich bei so einer Zeremonie? Muss ich da irgendeine Prüfung ablegen?"

„Wie kommst du denn darauf?" sagt Alessia amüsiert, als sie bemerkt wie angespannt ich bin. „Du musst gar nichts machen. Es ist eher so eine formelle Veranstaltung, weißt du. Ich verstehe sowieso nicht, was der Zweck von so einer Zeremonie ist. Wahrscheinlich einfach nur ein kleiner Willkommensgruß. Im Prinzip hält Richard eine kleine Rede und du wirst auf diese Weise in die Stadt der Elfen aufgenommen."

Erleichtert atme ich auf. Nun fühle ich mich schon etwas besser. Inzwischen sind wir in der Jugendherberge angekommen und ich führe Alessia hinauf zu meinem Zimmer. Amber ist gerade dabei, ihren Koffer zu packen, was gar nicht so leicht ist, denn anscheinend hat sie sich (sehr viele) neue Klamotten gekauft und bekommt nun ihren Koffer nicht mehr zu.

„Oh, hallo Amelie! Perfekt, dass du da bist! Könntest du mir bitte helfen, den Reißverschluss meines Koffers zu schließen?" Hilfsbereit wie immer, eilt auch Alessia zur Hilfe und während Amber sich auf den

Koffer setzt und ihn zusammenpresst, zerren Alessia und ich den Reißverschluss zu. Nach einigen Minuten gelingt es uns endlich. Erschöpft lässt sich Amber auf ihr Bett fallen, an dem sie bereits den Bezug abgezogen hat.

„Puh, Dankeschön für eure Hilfe! Und wer bist du eigentlich?"

„Ich bin Alessia! Schön, dich kennenzulernen."

Während sich die beiden unterhalten, ziehe ich den Bettbezug ab und packe ebenfalls meinen Koffer. Das dauert jedoch nicht einmal ansatzweise so lange wie bei Amber, da ich ungefähr nur ein Drittel so viele Klamotten besitze wie sie. Als ich fertig bin, drehe ich mich um und wende mich wieder Amber zu.

„Tut mir leid, dass ich euch unterbrechen muss, aber ich wollte dir noch etwas sagen, Amber. Ich fahre heute nicht wieder mit nach Hause, sondern bleibe noch einige Zeit hier. Ophelia, äh ich meine Frau Aries weiß schon Bescheid." Erstaunt sieht mich Amber an.

„Oh, wieso das denn? Für wie lange bleibst du hier?" fragt sie.

Ich blicke hinaus aus dem Fenster, von dem aus man die Felsen am Strand von Côte de la Lune sehen kann. Vor ein paar Tagen habe ich selbst noch nicht gewusst, dass sich dort drin eine magische Stadt verbirgt. Natürlich kann ich Amber nicht den wahren Grund, warum ich hier bleibe, nennen - so gern ich es meiner Freundin auch verraten würde, aber ich schätze, sie würde mich für verrückt halten. Ich würde es ja auch nicht glauben, wenn ich nicht selbst in der Stadt der Elfen gewesen wäre.

„Ein paar Tage vielleicht. Aber so ganz sicher bin ich mir nicht. Es war eine ziemlich spontane Entscheidung von meiner Mutter und mir, noch eine Weile hier zu bleiben. Die Familie von Alessia sind Bekannte von uns und wir wollten sie mal wieder besuchen, also haben wir beschlossen, gleich unseren Urlaub hier zu verbringen." antworte ich Amber. So ganz gelogen ist es ja nicht mal.

„Ach so, daher kennt ihr euch. Na dann viel Spaß! Ich bin aber auch ein bisschen neidisch, dass du deinen Urlaub hier verbringst, während ich mit meinen Eltern an die Nordsee fahre. Hier ist es tausendmal schöner!" beklagt sich Amber.

Nachdem ich mich von Amber und Luisa verabschiedet habe und mein Koffer gepackt ist, machen Alessia und ich uns auf den Weg zurück. Auf dem Gang treffen wir Ophelia.

„Hallo ihr beiden! Geht ihr jetzt zurück in die Stadt der Elfen?" fragt Ophelia leise, so dass kein anderer sie hören kann. Wir nicken beide.

„Ok, na dann viel Spaß! Und vor allem dir, Amelie. Es tut mir leid, dass ich nicht bei deiner Zeremonie dabei sein kann." sagt sie.

„Nicht schlimm. Auch wenn es schön gewesen wäre, ein bekanntes Gesicht dabei zu haben." gebe ich zu.

„Hey, du hast doch mich!" beschwert sich Alessia und ich muss lächeln. Frau Aries lächelt ebenfalls und schaut auf ihre Uhr. „Ihr solltet jetzt wirklich gehen, die Zeremonie fängt in einer halben Stunde an. Wir sehen uns dann am Sonntag."

Kapitel 11

Aufgeregt laufe ich durch den Raum. Bereits in wenigen Minuten beginnt die Zeremonie. Auch wenn Alessia versucht, mich zu beruhigen, spüre ich ein Kribbeln in meinem Bauch. Und das hat diesmal nichts mit einer bevorstehenden Teleportation zu tun. Ich fasse an meinen Hals, an dem nun kein Amulett hängt. Mittlerweile habe ich mich schon richtig an das warme Metall auf meiner Haut gewöhnt, doch jetzt zur Zeremonie hat Richard es genommen und wird es mir am Ende feierlich übergeben. Noch einmal sage ich mir, dass ich nicht aufgeregt sein muss, doch mein Herz will nicht darauf hören und schlägt weiterhin viel zu schnell in meiner Brust. Dann ist es endlich soweit und Richard führt mich von dem kleinen Nebenraum in den großen Saal. Im Vergleich zum letzten Mal, als ich mit Alessia hier war, ist der Saal reichlich gefüllt. Von den vielen weißen Stühlen, die im Saal aufgestellt wurden, schauen mich neugierige Augenpaare an. In der ersten Reihe entdecke ich Alessia mit ihren Eltern, die mir aufmunternd zuwinken. Die meisten Elfen tragen luftige Kleider, die meinem ziemlich ähnlich sehen. Alessia hat es mir ausgeliehen, weil sie meinte, dass der zarte lila Stoff wunderbar zu meinem Amulett passt. Ich werde auf ein kleines Podest geführt, auf dem sich ein weiterer Stuhl befindet. Ich setze mich hin und fummele nervös am Saum meines Kleides herum. Wieso muss ich genau gegenüber von den Gästen sitzen, so dass mich alle anstarren können wie auf einem Präsentierteller? Allerdings hat man von hier aus auch einen guten Überblick über den Raum. Der Saal wurde für die Feierlichkeit schön geschmückt und an den Wänden hängen bunte Girlanden. In der Mitte des Raumes prangt der riesige Kronleuchter. Richard beginnt neben mir mit seiner Rede. Ich höre aber nur mit halbem Ohr zu und lasse meinen Blick über die Gäste schweifen. Plötzlich öffnet sich die hintere Flügeltür und eine Frau mit schulterlangem, goldenem Haar betritt den Raum und setzt sich auf einen der hinteren freien Stühle. Richard fährt unbeirrt mit seiner Rede fort und auch die Elfen scheinen nichts bemerkt zu haben. Doch ich wäre am liebsten sofort aufgesprungen und meiner Mutter in die Arme gerannt. Ich habe sie in der letzten Woche wirklich vermisst. Sie lächelt mich an und winkt mir zu. Sofort fühle ich mich ein Stückchen wohler und nicht so sehr allein in diesem Raum voller unbekannter Elfen. Ich wende mich wieder Richard zu, der gerade die letzten Sätze seiner Rede erzählt und nun ein lila Amulett hochhält. Mein Amulett. Mit einer Handbewegung bedeutet Richard mir, mich zu erheben. Nervös stehe ich auf. Richard legt mir das Amulett um den Hals.

„Herzlich willkommen in der Stadt der Elfen!" verkündet Richard feierlich. Ich spüre förmlich, wie alle Augenpaare in diesem Raum auf mich gerichtet sind. Aber das stört mich nicht. Es fühlt sich an, als würde mich das Amulett auf magische Art und Weise beruhigen. In diesem Moment fühlt es sich so an, als würde ich wirklich *hierher* gehören.

„Ich werde meine magischen Kräfte weise einsetzen und die Stadt der Elfen schützen." erwidere ich und bin froh, dass ich meinen Einsatz nicht verpasst habe. Mein Amulett fängt an zu glühen und taucht den Saal in ein atmosphärisches Licht. Wie gebannt starre ich auf das Amulett. Als das Glühen aufhört, habe ich das Gefühl, das Amulett glitzert und funkelt noch viel schöner als zuvor. Die Menge klatscht begeistert Beifall.

Richard führt mich von dem Podest hinunter, wo ich von zahlreichen Glückwünschen und Umarmungen empfangen werde. Überglücklich halte ich Ausschau nach meiner Mutter. Ich entdecke sie auf der anderen Seite des Raumes. Ich renne zu ihr und falle ihr in die Arme.

„Hallo, Prinzessin!" begrüßt sie mich und streicht mir liebevoll eine Haarsträhne hinters Ohr. „Ich bin so stolz auf dich! Und es tut mir sehr leid, dass ich es nicht rechtzeitig zu deiner Zeremonie geschafft habe, aber du weißt ja, Pünktlichkeit ist nicht unbedingt meine Stärke." Daraufhin müssen wir beide lachen.

„Ich weiß, dass du mir nicht von der Stadt der Elfen erzählen durftest, aber ich frage mich trotzdem, wieso es mir nie aufgefallen ist, dass du auch ein Amulett besitzt!" sage ich und betrachte das goldene Amulett, das nun gut sichtbar um ihren Hals baumelt.

„Ich habe es eben immer gut versteckt. Aber glaube mir, ich habe es gehasst, Geheimnisse vor dir zu haben, Amelie. Deswegen bin ich umso glücklicher, dass wir jetzt gemeinsam hier sein können." sagt meine Mutter.

„Wie lange bleiben wir eigentlich hier? Werden wir jetzt hier leben? So wie Alessia und ihre Eltern?" frage ich angespannt. Ich habe mir noch gar keine Gedanken darüber gemacht, wie sich mein Leben jetzt verändern wird. Muss ich als Amulett-Trägerin irgendwelche Aufgaben erfüllen? Schließlich habe ich vor nicht einmal 5 Minuten den Schwur abgelegt, die Stadt der Elfen mithilfe meiner neuen Kräfte zu beschützen. In der Stadt der Elfen ist es zwar wunderschön, aber ich kann mir trotzdem nicht vorstellen, mein altes Leben dafür aufzugeben. „Aber nein, mein Engel. Wir können so oft hierher kommen, wie du möchtest und du hast ab jetzt ja auch eine gewisse Verantwortung zu tragen, aber wir werden trotzdem ganz normal Zuhause wohnen." Meine Mutter lächelt mich liebevoll an. Auch wenn wir uns nur eine Woche nicht gesehen haben, habe ich meine Mutter wirklich vermisst. „Alles andere werden wir später klären. Jetzt feiern wir erst einmal deine Zeremonie! Ist eigentlich mein Geschenk angekommen?" fragt sie.

Zur Antwort halte ich meinen rechten Arm hoch, an dem ich das Muschelarmband mit der lila Perle trage.

„Was hat es mit dem Armband auf sich?" frage ich.

„Das wirst du schon noch sehen." sagt meine Mutter grinsend.

„Ich zeige euch jetzt das Gäste-Baumhaus, in dem ihr die nächsten Tage wohnen könnt." Der Elf, ein Angestellter von Richard, weist uns den Weg durch das Baumlabyrinth. Nach der Zeremonie haben wir noch einige Zeit im großen Saal verbracht und uns mit den anderen Elfen unterhalten und mittlerweile ist es schon später Nachmittag. Trotzdem scheint in der Stadt der Elfen noch immer die Sonne vom magischen Himmel. Kasimir, so hat sich der Elf vorgestellt, bleibt vor einer großen Eiche stehen. In den Wipfeln des Baumes sitzt ein achteckiges Baumhaus, das etwas kleiner ist als die anderen, aber dennoch wunderschön und gemütlich aussieht.

„Dankeschön." sagt meine Mutter und Kasimir verabschiedet sich von uns. Meine Mutter nimmt meine Hand und zusammen gehen wir durch die Rinde des Baumes. Nach ein paar Sekunden im Dunkeln kommen wir auf der Terrasse unseres Baumhauses raus. Vorsichtig beuge ich mich über die hölzerne Brüstung. Der Boden scheint mindestens 20 Meter unter uns zu liegen. Gott sei Dank leide ich nicht unter Höhenangst. Aber Amber könnte hier definitiv nicht wohnen. Dabei hat man von hier aus wirklich einen atemberaubenden Ausblick. Man kann all die anderen Baumhäuser in den Bäumen neben uns sehen. Zu schade, dass ich Amber und Luisa nichts von diesem magischen Ort erzählen darf.

Von einem großen Baumhaus in einem Apfelbaum winkt mir ein kleines Elfenmädchen zu. Ich winke zurück und beobachte, wie das Mädchen versucht, einen Apfel vom Baum zu pflücken. Sie stellt sich auf Zehenspitzen hin, doch egal wie sie sich auch streckt, sie kommt nicht an den Apfel. Gerade als ich denke, dass der Ast viel zu hoch hängt und sie deshalb keine Chance hat, den Apfel zu bekommen, biegt sich der Ast kurzerhand nach unten und das Mädchen kann den Apfel problemlos nehmen.

„Wie hat sie das gemacht?" frage ich verblüfft.

„Die Elfen haben von Geburt an Naturkräfte. Sie fühlen sich sehr verbunden mit den Pflanzen und Tieren in ihrer Umgebung. Es hat sie wahrscheinlich nicht viel mehr als einen Gedanken gekostet und schon hat sich der Ast zu ihr gebückt." antwortet meine Mutter. Ich gehe weiter der Terrasse entlang, die sich wie ein U um die vordere Hälfte unseres Baumhauses zieht. Auf der hinteren Seite entdecke ich eine Hängematte, die zwischen zwei dicken Ästen hängt. Ich gehe wieder zurück und folge meiner Mutter nach drinnen, um auch das Innere des Baumhauses zu erkunden. Im unteren Bereich gibt es eine große Wohnstube mit angrenzender Küche. Begeistert erklimme ich die Wendeltreppe, die in die obere Etage führt. In einer Fensterbank liegen bunte Kissen und laden ein, es sich dort gemütlich zu machen und ein Buch zu lesen. Sofort weiß ich, dass das mein neuer Lieblingsplatz sein wird. Neugierig öffne ich eine Tür, hinter der ich ein Schlafzimmer vermute. Tatsächlich liege ich mit meiner Vermutung richtig. Ich betrachte den Raum und komme aus dem Staunen gar nicht mehr heraus. Ich befinde mich mitten in einem Wald. Das heißt, auf der Tapete im Raum ist ein Wald abgebildet. Erschöpft lasse ich mich auf das große Bett in der Raummitte fallen. Die Kissen sind wunderbar weich und duften nach Waldboden und Tannennadeln. Plötzlich raschelt etwas. Als ich mich wieder aufsetze, sehe ich, woher das Geräusch kommt. Verdutzt beobachte ich den kleinen Igel, der neben der Tür durch das Laub tippelt und dann im Unterholz verschwindet. Jetzt, wo ich mich mehr darauf konzentriere, kann ich sogar noch andere Tiere entdecken: Ein Waldkauz schlummert auf einem Ast an der Wand gegenüber von mir, ein Eichhörnchen springt von Baum zu Baum und ein Tausendfüßler krabbelt auf dem Waldboden. Es scheint, als wäre die Tapete lebendig geworden. Wie kann das sein? Als ich versuche, in diesen seltsamen Tapetenwald zu gehen und den Waldkauz zu berühren, stoße ich gegen die Wand. Ein kleiner Fuchs sitzt im Unterholz und schaut mir amüsiert zu. Verwirrt gehe ich wieder ins Untergeschoss, wo meine Mutter gerade dabei ist, den Raum zu schmücken, so dass es gleich viel gemütlicher aussieht.

„Ist das normal, dass die Tapete verzaubert ist und sich darin Tiere bewegen?" frage ich.

„Ja, die Elfen haben schon immer einen Faible für außergewöhnliche Dekorationen." antwortet meine Mutter beiläufig. „Ich habe gedacht, ich dekoriere auch ein bisschen, damit wir es gemütlicher haben und du dich wie Zuhause fühlst." Sie hält plötzlich einen großen Bilderrahmen mit einem Foto von uns beiden in der Hand, welches normalerweise bei uns Daheim an der Wohnzimmerwand hängt.

„Wo hast du das her?" frage ich, während sie es an der Wand befestigt.

„Hast du dich denn nicht gefragt, was meine magische Fähigkeit ist?" antwortet sie.

Ich zucke mit den Schultern. Natürlich habe ich mich gefragt, was wohl die anderen Amulette für Fähigkeiten besitzen, aber in dem ganzen Durcheinander der Zeremonie habe ich völlig vergessen, danach zu fragen. Alessia kann mit Tieren reden, ihr Vater hat sehr starke Naturkräfte und Frau Aries kann Telekinese. Ich weiß, dass Richard noch ein Amulett besitzt und auch der schwarzhaarige Junge. Aber was deren magischen Fähigkeiten sind, muss ich noch herausfinden. Neugierig komme ich näher und schaue meiner Mutter über die Schulter. Sie schnipst mit den Fingern und plötzlich steht eine Kerze auf unserem Essenstisch. Es genügt ein weiteres Fingerschnipsen und schon hält meine Mutter ein Feuerzeug in der Hand, mit der sie die Kerze anzündet. Mit offenem Mund starre ich sie an.

„Ich kann Gegenstände manifestieren. So habe ich Ophelia auch dein Geschenk zugeschickt." Beeindruckt sehe ich ihr dabei zu, wie sie eine Lichterkette herbeizaubert und an der Wand anbringt.

„Woher kennst du eigentlich Frau Aries, also Ophelia?" frage ich.

„Wir haben uns damals durch die Stadt der Elfen kennen gelernt." antwortet meine Mutter. „Ich habe sie zu ihrer Zeremonie begleitet und seitdem sind wir sehr gut befreundet. Wir drei, also Ophelia, Florin und ich, haben ungefähr zur gleichen Zeit unser Amulett bekommen. Florin hat Thea geheiratet und ist hier in der Stadt der Elfen geblieben und Ophelia und ich sind zurück in die normale Welt. Wir haben uns riesig gefreut, als sie nach ihrem Lehramtsstudium einen Platz an der Schule angeboten bekommen hat, in der du warst und zufälligerweise ist sie sogar deine Klassenlehrerin geworden."

„Und zur Klassenfahrt ist sie logischerweise hier nach Côte de la Lune gefahren, damit sie ab und zu auch die Stadt der Elfen besuchen kann." überlege ich laut.

„Genau, aber wir haben nicht damit gerechnet, dass du auch ein Amulett bekommst. Richard hätte mir ruhig vorher mal Bescheid sagen können."

Ich setze mich auf die cremefarbene Couch und schaue meiner Mutter zu, wie sie das restliche Zimmer dekoriert.

„Wenn du jeden Gegenstand einfach so herzaubern kannst, dann müssten wir theoretisch doch nie wieder etwas kaufen." stelle ich fest.

Meine Mutter lacht. „Das geht leider nicht, Prinzessin. In der Menschenwelt ist es weitaus gefährlicher, die Kräfte des Amuletts zu nutzen. Wenn man da nicht aufpasst und es übertreibt, kann die Magie das

Amulett auch ganz schnell zerbrechen und das wäre sehr, sehr schlecht. Pass also auf, dass du in der Menschenwelt nicht allzu oft teleportierst."

„Schade, also muss ich doch noch den Schulbus nehmen. Ich hatte mich schon gefreut, dass ich in Zukunft zur Schule teleportieren kann."

Plötzlich piept mein Handy in meiner Hosentasche. Ich entsperre das Display und stelle erstaunt fest, dass ich hier sehr guten Empfang habe. Amber hat mir gerade eine Nachricht geschickt. Ich öffne den Chat. Unter einem Bild, auf dem sie und Luisa zu sehen sind, schreibt sie: *Die Busfahrt war ziemlich langweilig ohne dich. Sind jetzt aber gut Zuhause angekommen. Wir wünschen dir viel Spaß im Urlaub mit deiner Mom! <3*

Ich schreibe eine Nachricht zurück und klicke dann auf das Bild, um es mir genauer anzuschauen. Amber und Luisa sitzen im Bus und schauen gespielt traurig in die Kamera. Dahinter kann ich noch ein paar andere Klassenkameraden erkennen: Joschua, Jamie, Isabelle, Frau Aries und auch den Busfahrer. Ich zoome näher an das Bild heran. Auch wenn der Hintergrund etwas unscharf ist, erkennt man deutlich, dass der Busfahrer relativ schlank ist und braune, zottelige Haare hat. Der neue Busfahrer ist definitiv nicht Gianno. Das ist zum einen gut, denn es bedeutet, Gianno befindet sich wahrscheinlich immer noch in Côte de la Lune und wir haben dadurch eine bessere Chance, an das Amulett zu kommen. Aber auf der anderen Seite bedeutet es auch, dass er noch immer eine Gefahr für die Stadt der Elfen darstellt.

Kapitel 12

Nachdem meine Mutter mit dem Dekorieren fertig ist, kochen wir beide uns ein leckeres Abendessen mit Zutaten, die meine Mutter aus der Luft zaubert. Ich genieße die gemeinsame Mama-Tochter-Zeit. Meine Mutter erzählt mir von ihrem Urlaub bei meinen Großeltern in Griechenland und ich berichte ihr von den Abenteuern, die ich in der letzten Woche erlebt habe. Gespannt hört sie mir zu, wie ich das Amulett von dem fremden Mann bekommen habe, wie ich die Rätsel gelöst habe und schließlich auf das Felsplateau teleportiert bin und Alessia mir die Stadt der Elfen gezeigt hat.

„Oh ja, die Stadt der Elfen ist wirklich wunderschön. Morgen zeige ich dir meinen Lieblingsplatz." verspricht meine Mutter, nachdem wir uns an unserem selbstgekochten 3-Gänge-Menü satt gegessen haben.

Einige Zeit später liege ich vollkommen zufrieden und glücklich in dem kuschligen Bett in meinem Zimmer. Der Tapetenwald um mich herum raschelt und der Waldkauz auf dem Ast ist erwacht und sucht nun nach einem leckeren Snack. Noch einmal denke ich über den schönen Tag nach, den ich heute hatte und merke dabei, dass ich trotz der vielen Erlebnisse der letzten Tage noch nicht müde bin. Barfuß und in Schlafanzug schleiche ich mich durch das Baumhaus nach draußen auf die Terrasse. In der Stadt der Elfen ist es auch abends noch angenehm warm. In einigen Baumhäusern ist noch Licht angeschaltet, aber ansonsten ist alles still und friedlich. Die Sonne am magischen Himmel ist mittlerweile untergegangen und stattdessen funkelt über den Baumkronen ein wunderschöner Sternenhimmel. Ich gehe zur hinteren

Seite des Baumhauses und klettere in die Hängematte. Gemütlich schaukelt sie hin und her. Fasziniert betrachte ich durch das Blätterdach hindurch den magischen Nachthimmel. Es scheint, als würden hier noch mehr Sterne leuchten, als am richtigen Himmel. Eine kleine Fee flattert über mich hinweg. Die Hängematte schaukelt wie von alleine immer weiter hin und her und irgendwann werde ich doch müde und schlafe ein.

Das Zwitschern der Vögel weckt mich. Verschlafen drehe ich mich um und wäre dabei beinahe aus der Hängematte gefallen. Gähnend setze ich mich aufrecht hin und schaue mich um. Der Horizont ist lila gefärbt und ein klitzekleines Stückchen Sonne ist schon zu sehen. Da mir Alessia erklärt hat, dass in der Stadt der Elfen die Sonne eher aufgeht, als in der normalen Menschenwelt, muss es wirklich noch sehr, sehr früh sein. Begeistert springe ich auf und endscheide mich spontan dazu, die frühen Morgenstunden für eine kleine Erkundungstour durch die Stadt der Elfen zu nutzen. In Windeseile tausche ich meinen Pyjama gegen eine Jeans und T-Shirt und schreibe einen Zettel für meine Mutter. Dann mache ich einen mutigen Schritt auf die Baumrinde zu, durch die wir gestern auf der Terrasse herausgekommen sind. Ich habe mich zwar immer noch nicht daran gewöhnt, einfach so durch Bäume zu gehen und denke jedes Mal, dass ich gleich gegen den Baumstamm knallen und mir eine dicke Beule zuziehen werde. Aber nichts dergleichen passiert und zwei Sekunden später befinde ich mich sicher am Fuße unseres Baumes. Ich blicke mich um und überlege, in welche

Richtung ich gehen sollte. Da ich wie immer ein Entscheidungs-problem habe, schließe ich einfach meine Augen, drehe mich im Kreis und bleibe dann willkürlich stehen. Und genau in diese Richtung gehe ich. Immer geradeaus. Trotz der frühen Tageszeit begegne ich schon einigen Elfen, die fleißig arbeiten. Ich vermute, dass sie ein paar letzte Vorbereitungen für die Mondlichtnacht treffen. Alle sind gut gelaunt und winken mir im Vorbeigehen zu. Den ein oder anderen Elfen erkenne ich sogar schon von meiner Zeremonie. Wie ich bereits festgestellt habe, sind die Elfen ein sehr kleines Volk und dementsprechend kennen sich hier auch alle gegenseitig. Ich gehe immer weiter geradeaus und komme irgendwann auf den Hauptweg, der zu der Gabelung auf der Wiese führt. Welches Ziel wird mir der Wegweiser wohl heute vorschlagen? Am liebsten ein schöner Ort, den ich noch nicht kenne und erkunden kann. Gespannt trete ich näher an den Wegweiser. Dieser dreht sich eine Weile lang um seine eigene Achse, bis er schließlich einrastet und in die Richtung eines Pfades weist, den ich tatsächlich noch nie entlang gegangen bin. Ein Blick auf den Wegweiser verrät mir, wo dieser Pfad hinführt: KORALLENRIFF.

Oh, na das hört sich doch mal interessant an! Begeistert folge ich dem Pfad und laufe dem Sonnenaufgang entgegen. Der Weg führt mich über einen Hügel, an dessen Fuße ich bereits das Meer sehen kann. Ich muss mich am Ende der Stadt der Elfen befinden, denn ringsum ragen atemberaubend schöne Felsen in die Höhe und bilden somit eine Grenze zwischen der Stadt der Elfen und der Menschenwelt. Allein an einer einzigen kleinen Stelle hat das Wasser einen Weg durch die Felsen gefunden und ich vermute, dass es außer dem Tor der einzige weitere Eingang zur Stadt der Elfen ist. Als ich den Hügel hinunter gehe, entdecke ich schon von weitem eine Gestalt, die gerade aus dem Wasser steigt und sich mit einem Handtuch das Gesicht trocknet. Neugierig komme ich näher. Als der Junge mich sieht, schreckt er hoch und betrachtet mich argwöhnisch. Wasser tropft von seinen tiefschwarzen Haaren. Ich kenne den Jungen bereits aus der Jugendherberge, als er beim Abendessen gegenüber von mir saß und auch bei meiner Zeremonie gestern habe ich ihn in der ersten Reihe bei den anderen Amulett-Trägern gesehen. Allerdings haben wir uns noch nie unterhalten und auch sonst habe ich ihn nie mit irgendjemanden reden sehen. Er scheint lieber allein zu sein und an seinem Blick kann ich erkennen, dass er das auch in diesem Moment bevorzugen würde. Doch so leicht lasse ich mich leider nicht verscheuchen. Wenn ich etwas Neues entdecke, dann will ich es selbstverständlich auch genauestens erforschen. Also ignoriere ich seinen Blick einfach.

„Hallo. Du scheinst dich hier gut auszukennen, kannst du mir das Korallenriff zeigen?" frage ich.

Der Junge macht sich nicht die Mühe, auf meine Frage einzugehen, sondern betrachtet mich weiterhin unverhohlen. Was ist das denn für ein komischer Kerl? Fragend hebe ich eine Augenbraue. Als er mir immer noch nicht antwortet, drehe ich mich schnaubend um und beschließe, das Korallenriff einfach auf eigene Faust zu erkunden. Ich habe schon fast das Wasser erreicht, als er sich endlich dazu erbarmt, mit mir zu sprechen.

„Da würde ich nicht reingehen, wenn du keinen Neptus hast." sagt er. Ich drehe mich um und sein Blick trifft mich vollkommen unvorbereitet.

Seine Augen sind so stechend blau, dass ich das Gefühl habe, er könnte direkt durch mich hindurchschauen. Auf seinem nackten Oberkörper glänzt sein Amulett, das in exakt demselben Blauton schimmert wie seine Augen. Während mein Amulett funkelt wie ein Sternenhimmel, sieht seines so aus, als würde darin ein Meeressturm wüten. Trotzdem halte ich seinem Blick stand.

„Was ist ein Neptus?"

Der Junge kommt einige Schritte auf mich zu. Dann antwortet er: „Den wirst du brauchen, weil du ansonsten unter Wasser keine Luft bekommst und somit leicht ertrinken könntest. Das Korallenriff befindet sich in einer Höhle und dort kann man nicht einfach mal auftauchen und Luft holen."

„Und wie sieht so ein Neptus aus?" frage ich weiter, auch wenn es so aussieht, als ob der Junge langsam genervt von mir ist.

„Das ist ein Armband mit einer Perle darin. Nur Amulett-Träger können die Magie aktivieren, wodurch sich die Perle verfärbt." antwortet er gelangweilt.

Triumphierend halte ich meinen rechten Arm in die Höhe, an dem das Geschenk meiner Mutter baumelt. Aha, dafür ist dieses Armband also gedacht. Der Junge staunt nicht schlecht und für einen Moment scheint die Langeweile aus seinem Blick zu verschwinden und stattdessen schwingt Neugierde in seiner Stimme mit.

„Wo hast du den her?" fragt er verblüfft.

„Hat mir meine Mutter geschenkt." sage ich lässig und drehe mich wieder um. Da ich zufälligerweise einen Neptus besitze, kann ich ja jetzt ohne Sorgen ins Wasser steigen. Doch kaum ein paar Meter später, als mir das Wasser gerade einmal bis zu den Knien reicht, werde ich wieder aufgehalten.

„Warte!" ruft der Junge und erstaunt stelle ich fest, dass er ebenfalls ins Wasser watet. Ich warte, bis er neben mir steht und schaue ihn dann fragend an.

„Was ist?" frage ich.

„Du denkst doch wohl nicht, du kannst einfach so alleine ins Wasser gehen? Du weißt doch noch nicht einmal, wie der Neptus funktioniert."

Da muss ich ihm leider Recht geben. Widerwillig reiche ich ihm meinen Arm und er dreht und schraubt ein wenig an meinem Neptus rum. Während er das macht, kann ich ihn in Ruhe beobachten. Seine Haut ist ungewöhnlich blass für diese Gegend und die ersten Sonnenstrahlen dieses Tages lassen die Wassertropfen auf seiner Haut glitzern. Konzentriert starrt er auf das Armband und mit einigen gekonnten Fingergriffen aktiviert er den Neptus.

„Fertig!" sagt er und zum ersten Mal sehe ich ihn lächeln. Ich betrachte das Armband. Die Perle in der Mitte leuchtet auf und blinkt dann in regelmäßigen Abständen.

„Dankeschön." sage ich und drehe mich erneut um, damit ich endlich ins Wasser kann.

„Halt, halt. Ich werde dich natürlich begleiten." sagt er bestimmt. „Du wirst es nicht bereuen, ich bin der weltbeste Korallenriffführer." fügt er mit einem Grinsen hinzu. Ich bin verwundert über den plötzlichen Umschwung seiner Laune, sage aber nichts und folge ihm ins Wasser. Insgeheim bin ich froh, dass er mich begleitet. Irgendwie hat er so eine geheimnisvolle und mystische Ausstrahlung, die mich neugierig macht und mich fasziniert.

„Aber du hast doch gar kein Neptus!" stelle ich fest.

„Das brauche ich auch gar nicht." antwortet er und deutet auf sein Amulett. Der Sturm darin scheint sich ein wenig gelegt zu haben und nun glitzert es wie das Meer in der Sonne. „Durch mein Amulett habe ich so oder so die Fähigkeit, unter Wasser zu atmen." Mit einem eleganten Köpfer taucht er ins Wasser. Aus Gewohnheit halte ich die Luft an und tauche dann auch ab. Unter Wasser sagt der Junge zu mir: „Komm, wir müssen da entlang! Und du kannst ganz normal atmen, dafür hast du ja schließlich den Neptus." Da ich die Luft eh nicht länger als 30 Sekunden anhalten kann, folge ich seinem Rat und versuche, ganz normal einzuatmen. Erstaunt stelle ich fest, dass dies wirklich funktioniert. Beim Ausatmen steigen kleine Blubberbläschen auf. Als ich wieder einatme, blinkt der Neptus leuchtend auf. Verblüfft merke ich, dass ich sogar riechen kann. Das Wasser riecht frisch und salzig und ein bisschen auch nach Algen. Misstrauisch schaue ich an mir herab, ob ich jetzt zum Fisch mutiert bin. Aber glücklicherweise sind meine Beine noch da und ich habe auch keine Kiemen. Der Neptus scheint mir einfach die Fähigkeit zu geben, unter Wasser zu atmen und zu riechen. Als ich wieder aufschaue, sehe ich, dass der Junge schon einige Meter vorgeschwommen ist. In dem Felsen vor uns klafft ein großes Loch, das aussieht wie ein Höhleneingang. Der Tunnel ist gerademal so breit, dass wir beide nebeneinander schwimmen können. Mir fällt auf, dass ich noch nicht einmal den Namen des Jungens kenne, deswegen frage ich: „Wie heißt du eigentlich?"

Ich bin erstaunt, dass meine Stimme unter Wasser tatsächlich genauso klingt wie immer. Außerdem habe ich keine Unmengen an Wasser verschluckt. Wie das möglich ist, ist mir ein Rätsel. Aber ich habe mich innerhalb der letzten Tage daran gewöhnt, über manche Dinge einfach nicht weiter nachzudenken.

„River." antwortet er knapp.

„River? Wie passend." sage ich. „Wussten deine Eltern wohl damals schon, dass du einmal diese Gabe bekommen würdest?"

„Keine Ahnung." sagt River und zuckt mit den Schultern. „Ich kenne meine Eltern nicht. Deswegen wohne ich auch in der Jugendherberge. Madame Dubois hat mich, als ich noch ein Baby war, bei sich aufgenommen."

„Oh, das tut mir leid. Ich kenne meinen Vater auch nicht. Aber wieso wohnst du nicht hier in der Stadt der Elfen?" frage ich.

Erneut zuckt er mit den Schultern. „Naja, was sollte ich denn Madame Dubois sagen, wo ich hinziehe? Ich kann ihr ja schlecht von der Stadt der Elfen erzählen. Außerdem würde ich mich in diesen Baumhäusern sowieso nicht wohl fühlen. Wasser ist eher mein Element."

Bevor ich etwas erwidern kann, endet der Tunnel und vor uns eröffnet sich eine große Unterwasserhöhle. Durch das farbenprächtige Korallenriff schwimmen unzählige schillernde Fischschwärme. Die Höhle ist beleuchtet, aber ich kann nicht erkennen, woher das Licht kommt. Vielleicht ist es ja auch magisch beleuchtet. Fasziniert schwimme ich durch das Korallenriff. Zwischen den bunten Korallen tummeln sich Fische und Schildkröten und ich entdecke sogar eine Seepferdchen-Familie. Das alles sieht aus, wie aus einem Traum entsprungen und ich bin so verzaubert, dass es mich nicht wundern würde, wenn am Meeresboden ein versunkenes Piratenschiff liegt oder gleich eine Meerjungfrau an uns vorbeischwimmt. River führt mich einmal quer durch die Höhle. Erst jetzt bemerke ich, wie riesig das Korallenriff eigentlich ist. Staunend sehe ich mich um. Ich habe noch nie eine so wunderschöne Unterwasserlandschaft gesehen. Es sieht aus wie eines dieser riesigen Wimmelbilder, bei denen man gar nicht weiß, wo man hinschauen soll und jedes Mal etwas Neues entdeckt. Am Meeresboden sind Muscheln in den unterschiedlichsten Formen zu finden, an der Höhlenwand kleben Seesterne und es gibt sogar einige fluoreszierende Korallen.

„Wo schwimmen wir eigentlich hin?" frage ich, als ich bemerke, dass River zielstrebig auf die gegenüberliegende Höhlenwand zusteuert.

„Ich muss noch eine Kleinigkeit erledigen und ich dachte, du möchtest mir vielleicht dabei helfen." antwortet er.

Neugierig recke ich meinen Hals, um zu erkennen, was sich in diesem Teil der Höhle befindet. Das farbige Korallenriff hat aufgehört und auch Fische und andere Meerestiere schwimmen nur noch sehr vereinzelt durch diesen Bereich. Dafür steht aber eine riesige weiße Muschel am Meeresboden. Und wenn ich sage riesig, dann meine ich auch *riesig*.

„Wow!"

„Das ist die große magische Muschel. Alle sieben Jahre, zur Mondlichtnacht, produziert sie eine riesige Perle, die wir für das Ritual zur Erhaltung der Magie der Stadt der Elfen brauchen." erklärt River. Dann schwimmt er zur Muschel und versucht, den Deckel aufzuklappen, was ihm jedoch nicht gelingt. Bereitwillig schwimme ich zu ihm und helfe ihm. Mit aller Kraft stemmen wir uns gegen die Muschel und nach einiger Zeit gelingt es uns endlich, den Deckel der Muschel aufzuklappen. Zum Vorschein kommt eine riesige weiß-glänzende Perle, die in etwa so groß ist wie eine Bowlingkugel. Neugierig sehe ich dabei zu, wie River sie vorsichtig herausnimmt und anschließend die Muschel wieder schließt.

„Und was genau macht die Muschel dann beim Ritual?" frage ich.

River nickt. „Vereinfacht erklärt können Perlen die Magie des Amuletts aufnehmen und bis zu 100-fach verstärken. Deshalb ist auch eine Perle in deinem Neptus. Aber beim Ritual wird es noch viel magischer. Lass dich einfach überraschen."

Kapitel 13

„Oh Gott, ich bin so aufgeregt! Fast noch schlimmer als bei der Zeremonie." Nervös wickele ich mir eine Haarsträhne um den Finger.

„Keine Sorge! Dir wird es sicherlich gefallen und die Lehrer sind auch alle sehr nett!" versucht Alessia mich aufzumuntern. Aber das bringt nicht wirklich etwas. Meine Nerven flattern wie verrückt und mein Herz pumpt doppelt so schnell, wie es eigentlich sollte. Ich atme einmal tief durch, um mich wieder zu beruhigen. Es ist schließlich nur ein Schulbesuch! Und normalerweise bin ich ganz gut in der Schule. Aber diese Schule hier ist natürlich etwas ganz anderes, als alles was ich bisher kannte. Denn hier wird kein Deutsch oder Biologie oder Sport unterrichtet, sondern Magie! Oh Gott, oh Gott, ich werde mich so blamieren! Richard hat Alessia nämlich beauftragt, mir die Schule der Stadt der Elfen zu zeigen. Und obendrauf soll ich auch gleich einen Kurs besuchen, in dem ich meine Fähigkeiten, d. h. das Teleportieren üben soll. Das ist zwar voll cool und viel interessanter als so ein langweiliger Matheunterricht, wie er in normalen Menschenschulen unterrichtet wird, aber irgendwie macht es mir auch Angst, dass ich so gar keine Ahnung habe, was mich erwartet. Ich mag es nämlich lieber, wenn ich einen genauen Überblick habe, was auf mich zukommt. Das ist eine meiner Macken. Unwissenheit macht mich immer ganz verrückt.

Die Schule befindet sich im hintersten Teil der Stadt der Elfen, ganz in der Nähe des Korallenriffs, wo ich vorhin die magische Perle mit River aus dem Wasser gezogen habe. Der Wald endet hier und die

Landschaft wird von den majestätischen Felsen umrandet. Als wir über den letzten Hügel laufen, wird uns der Blick auf die Schule freigegeben und mir stockt der Atem. Ich weiß nicht, was ich erwartet habe, aber so habe ich mir eine Elfenschule jedenfalls nicht vorgestellt. Das Gebäude ist in etwa doppelt so groß wie Richards Schloss und sieht recht modern aus. Dennoch erkennt man den Baustil der Elfen eindeutig wieder: Alle möglichen freien Flächen sind bepflanzt, an den Wänden hangeln sich Kletterpflanzen empor und durch die riesigen Glasfenster kann ich erkennen, dass auch im Innern des Gebäudes einige Bäume wachsen. Ehrfürchtig trete ich zusammen mit Alessia durch die große Eingangstür, die sich selbstverständlich von alleine (ich vermute auf magische Weise) für uns öffnet. Ich bestaune die riesige Eingangshalle, in der mehrere dicke Bäume stehen, um die sich rundherum Elfen aufhalten und sich angeregt unterhalten. Die Decke über uns ist vollständig aus Glas, so dass die Bäume genügend Licht bekommen und man in den dauerhaft wolkenlosen Himmel blicken kann. Alessia zieht mich zu einem Baum mit einer Bank, auf der ein Elfenmädchen mit dunkelblonden, langen Haaren sitzt und in ein Buch vertieft ist.

„Hallo Ruby!" ruft Alessia und Ruby hebt daraufhin den Kopf.

„Das ist Amelie, du kennst sie vielleicht schon von der Zeremonie. Ich zeige ihr heute die Schule." stellt Alessia mich vor.

„Oh das ist schön. Ich hoffe, dir gefällt es hier. Musst du auch einen Kurs belegen?" fragt Ruby mich mit einem freundlichen Lächeln.

„Ja, FMF." antwortet Alessia und auf meinen fragenden Blick hin, fügt sie als Erklärung für mich hinzu: „Das bedeutet Förderung magischer Fähigkeiten."

Ruby nickt. „Ok, ich muss jetzt auch los, ich habe in der ersten Stunde *Studien magischer Lebewesen* bei Frau Kleetanz. Dann viel Spaß euch noch!" Mit einem Winken verabschiedet sie sich von uns und macht sich auf den Weg in den rechten Flügel der Schule.

„Also, ich würde sagen, dann beginnen wir mal mit unserer kleinen Rundtour!" sagt Alessia und führt mich in die entgegengesetzte Richtung. Von dem großen Eingangsbereich zweigen viele Türen ab, hinter denen sich wahrscheinlich die Klassenzimmer befinden.

„Welche Fächer werden an dieser Schule eigentlich unterrichtet?" frage ich Alessia.

„Also ich weiß ja nicht, wie der Unterricht in den Menschenschulen so ist, aber hier lernen die Elfen die verschiedensten Formen der Naturmagie. Im linken Teil der Schule wird hauptsächlich Pflanzenkunde unterrichtet. Beispielsweise wie man Bäume schneller wachsen lässt oder wie man Heilkräuter und -tees herstellt. Und auf der anderen Seite, da, wo Ruby gerade hingegangen ist, finden alle Kurse statt, die mit Tieren und magischen Lebewesen zu tun haben. Zu guter Letzt gibt es noch die gesellschaftlichen Fächer, wo wir uns mit den anderen magischen Völkern und der Geschichte der magischen Welt beschäftigen."

Sie öffnet eine große Doppeltür und bedeutet mir mit einer einladenden Geste, einzutreten. Wie ich feststelle, befinden wir uns hier in einem riesigen Gewächshaus, in dem anscheinend die unterschiedlichen Kurse für Pflanzenkunde stattfinden. Ich bin beeindruckt von der Vielzahl der verschiedenen Pflanzen. In allen Ecken kann man außergewöhnliche Blumen und Gewächse erkennen: manche leuchten in Neon-Farben, andere wiederum sind riesig und reichen fast bis zur Glasdecke. Im hinteren Teil des Gewächshauses schwebt eine kleine Regenwolke, die anscheinend als magische Gießkanne dient. Gerade bewässert sie eine Pflanze mit orange-roten Blüten, die aussehen, wie kleine Flammen... Moment mal!

„Hey, diese Blüte kenne ich! Die habe ich gesehen, als ich mit meiner Klasse eine Wanderung zu einem Aussichtspunkt gemacht habe." Wenn ich es mir so recht überlege, befanden sich in der Felswand sogar die Initialen GK, die - wie ich ja jetzt weiß - für den Elfen Gavin Keith stehen, der die Stadt der Elfen gegründet hat. Wie kommt es also dazu, dass sich diese magische Pflanzen und die Initialen dort an der Felswand befinden? Als ob sie meine Gedanken lesen kann (was ich nicht vollkommen ausschließen würde), beantwortet Alessia meine stumme Frage: „Oh das ist gar nicht gut! Es bedeutet nämlich, dass an dieser Stelle, wo sich die Initialen befinden, die Magie schwächer wird und anscheinend auch Magie von der Stadt der Elfen entweichen kann. Das hängt mit der Mondlichtnacht zusammen. Wie du ja weißt, muss die Magie alle sieben Jahre erneuert werden und kurz vor diesem Datum wird die Magie logischerweise immer schwächer und es kann vereinzelt zu solchen Magieausbrüchen kommen. Umso wichtiger, dass wir mein Amulett finden, damit wir das Ritual wie geplant durchführen können!"

Nachdem Alessia mir das restliche Gewächshaus gezeigt hat, inklusive einigen interessanten Vorträgen zu magischen Pflanzen, und wir auch den rechten Teil der Schule besichtigt haben, gehen wir in die Kantine.

„Puh, jetzt bin ich ganz schön hungrig. Ich hoffe, das Essen schmeckt hier besser als in so manch anderer Schulkantine, die ich kenne." sage ich scherzhaft.

„Das kommt ganz darauf an, wer heute Unterricht hatte." antwortet Alessia.

„Hä?"

„Naja, alles was es in der Kantine zu essen gibt, wird von den Schülern selbst angepflanzt. Dafür gibt es ein extra Gewächshaus hinter der Schule, aber ich kann dich beruhigen: nur die erfahrenen Schüler belegen diesen Kurs, also keine Sorge, es wird schon schmecken."

Die Kantine ist ein großer, runder Raum. In der Mitte befindet sich ein ebenfalls runder Tisch, der aussieht wie eine Art Salatbar, an der sich einige Schüler das Essen auf den Teller tun. Alessia zieht mich zielstrebig zu einem der Tische, an dem bereits drei Elfenmädchen sitzen. Eine davon kenne ich schon: es ist Ruby. Die anderen beiden sehen fast exakt so aus wie Ruby – nur die Haarfarbe ist jeweils anders.

„Hallo Alessia! Hallo Amelie! Setzt euch doch zu uns!" begrüßt uns Ruby.

Wir folgen der Aufforderung und ich lande auf einem Stuhl zwischen Ruby und der schwarzhaarigen Ruby.

„Das sind meine Drillingsschwestern Raya und Runa." stellt Ruby die anderen vor. Raya (also die mit den schwarzen Haaren) beäugt mich misstrauisch, während die dritte Schwester (braune Haare) mich schüchtern anlächelt. Wir stehen auf und holen uns etwas zu essen an der Salatbar. Zu meiner Überraschung gibt es nicht nur Gemüse und Obst, sondern auch ein paar sehr appetitlich aussehende Speisen, die ich jedoch noch nie gesehen habe. Da ich gar nicht weiß, was schmeckt und was nicht (und natürlich auch wegen meiner allgegenwärtigen Entscheidungsphobie), mache ich mir einfach dasselbe auf den Teller wie Alessia. Mit gut gefüllten Tellern kehren wir zu unserem Tisch zurück.

„Guten Appetit!" sagt Ruby.

„Danke, gleichfalls." antworten Alessia und ich gleichzeitig.

Ich nehme einen vorsichtigen Bissen von einer großen roten Frucht, die am Buffet als *Wunderbeere* beschriftet war. Ganz anders als ich erwartet habe, schmeckt es herzhaft – aber durchaus sehr lecker. Ich nehme noch einen Bissen. Nanu? Jetzt schmeckt es plötzlich ganz anders! Eher süßlich nach einem leckeren Kaiserschmarrn, den ich immer im Skiurlaub mit meiner Mutter esse. Ich glaube, die Wunderbeere heißt so, weil sie jedes Mal den Geschmack ändert und es immer eine Überraschung ist, welchen Geschmack man heute erwischt hat. Fasziniert probiere ich auch von den anderen Sachen auf meinem Teller. Ich koste von einem quaderförmigen Etwas, das wie Schokolade auf der Zunge zerschmilzt und im Nachgang ein bisschen weihnachtlich, wie eine Mischung aus Spekulatius und Lebkuchen schmeckt.

„Mmmh, lecker!" gebe ich zu, woraufhin Alessia und Ruby lachen.

„Habt ihr heute Nachmittag noch etwas vor?" fragt Alessia in die Runde, „Amelie und ich haben jetzt noch eine Doppelstunde FMF, aber danach könnten wir uns am Korallenriff treffen. Was haltet ihr davon?"

Ruby nickt sofort. „Ja, das ist eine tolle Idee."

145

„Wir sind davor aber schon auf der großen Wiese verabredet, weil wir noch ein paar Vorbereitungen für die Mondlichtnacht treffen müssen. Wie wär's, wenn wir uns da treffen und dann zusammen zum magischen Strand laufen?" schlägt Raya vor.

„Das ist eine gute Idee." entgegnet Alessia.

Während wir schweigend weiteressen, hat Ruby wieder ihr Buch aufgeschlagen und ist in die Zeilen vertieft. Nachdem wir aufgegessen haben, verabschieden Alessia und ich uns von den anderen und Alessia zeigt mir den Weg zu unserem Klassenraum. Ich werde ganz nervös und vielleicht war es doch keine gute Idee gewesen, vorher etwas zu essen, denn ich befürchte, mir wird gleich schlecht werden vor Aufregung.

„Alessia, wie viele Schüler nehmen eigentlich an diesem Kurs teil?" frage ich, um mich abzulenken.

„Nur wir beide und noch ein weiterer Amulett-Träger. Vielleicht kennst du ihn sogar schon."

Ich kenne ihn tatsächlich schon, denn der dritte Schüler in unserem Kurs ist River. Nun fällt ein wenig von meiner Anspannung ab, denn ich hatte schon befürchtet, mich vor irgendwelchen fremden Elfen blamieren zu müssen. Kurze Zeit später kommt auch schon unser Lehrer in den Klassenraum. Es ist niemand geringerer als Richard höchstpersönlich.

„Richard unterrichtet diesen Kurs? Wieso hast du mir das nicht gleich gesagt, dann hätte ich doch nicht so nervös sein müssen."

Alessia zuckt entschuldigend mit den Schultern. „Ich hab dir doch gesagt, du musst dir keine Sorgen machen. Aber dass Richard heute den Kurs leitet, wusste ich tatsächlich nicht."

„Hallo ihr drei!", begrüßt uns Richard zu unserer Unterrichtsstunde, als wir alle Platz genommen haben. Es befinden sich ausschließlich fünf Tische im Raum und noch einige seltsame Geräte, dessen Funktion ich nicht erschließen kann. Ich bin gespannt, ob wir diese merkwürdigen Apparate heute noch benutzen werden.

„Ihr wundert euch vermutlich, warum ich euch heute unterrichte, anstatt Frau Dornbusch, wie sonst immer." fährt Richard fort. „Doch ich muss euch leider mitteilen, dass sie kurzfristig ausfällt, weshalb ich heute eingesprungen bin. Ab nächster Woche wird sie wieder da sein." Er macht eine kurze Pause und lächelt uns freundlich an. „Da wir eine neue Schülerin haben, nehme ich mir mal die Freiheit und erkläre, was wir in diesem Unterricht hier überhaupt machen. Im Vordergrund unserer Bemühungen steht natürlich, dass ihr besser mit euren magischen Fähigkeiten umgehen könnt und sie für das Gemeinwohl der Stadt der Elfen einsetzt. Beispielsweise morgen, beim Ritual der Mondlichtnacht, werden die Amulett-Träger eine große Rolle spielen. Aber ich will euch nicht mit Theorie langweilen, deswegen würde ich vorschlagen, wir beginnen unsere Stunde mit einer sehr brauchbaren Sache, nämlich dem Kommunizieren über das Amulett."

Ja, das ist cool! Das wollte ich schon die ganze Zeit lernen, seit ich das erste Mal davon gehört habe. Alessia und River scheinen nicht so begeistert wie ich, wahrscheinlich haben sie das schon tausendmal geübt und können es nun schon im Schlaf anwenden. Aber egal, ich freue mich jedenfalls, es endlich zu erlernen.

„Alessia, da dein Amulett leider noch nicht aufgetaucht ist, kannst du heute nicht direkt am Unterricht teilnehmen." sagt Richard, „aber keine Sorge, du kannst mir trotzdem bei einigen Sachen behilflich sein." Tröstend legt er eine Hand auf Alessias Schulter.

„Ist es denn immer noch nicht aufgetaucht?" fragt Alessia niedergeschlagen. „Wenn es bis morgen nicht gefunden ist, kann doch das Ritual gar nicht durchgeführt werden."

„Das stimmt, aber zerbreche dir darüber nicht den Kopf. Wir sind Gianno dicht auf den Fersen, bis morgen haben wir ihn mit Sicherheit gefasst." sagt Richard zuversichtlich und das scheint nun auch Alessia ein wenig zu besänftigen. „Allerdings muss ich schon zugeben, dass er einige ausgefuchste Kniffe mit dem Amulett drauf hat, die ich ihm eigentlich gar nicht zugetraut hätte." fügt Richard ehrlicherweise hinzu. Dann klatscht er in die Hände. „Ok, lasst uns loslegen!"

Im Prinzip ist das Kommunizieren mit dem Amulett wirklich keine große Kunst. Man muss nur auf den magischen Stein in der Mitte des Amuletts drücken, dann denjenigen Amulett-Träger auswählen, mit dem man sprechen will und schwupps – wird man verbunden. So ähnlich wie bei einem Videoanruf mit dem Handy.

„Na das klappt doch wunderbar!" sagt Richard erfreut, nachdem ich das Ganze zweimal geübt habe. „Nun wechseln wir einmal die Rollen und River ruft dich an. Am besten gehst du mal in einen anderen Raum, damit wir testen können, ob es auch über weitere Strecken funktioniert."

„Ich glaube schon, meine Mutter hat Ophelia von Griechenland aus erreicht." bemerke ich.

Richard nickt. „Ja, eigentlich sollte diese kleine Entfernung keine Probleme verursachen, aber man weiß ja nie." Also geht River aus dem Klassenraum und einige Minuten später fängt mein Amulett an, leicht zu vibrieren. Ich halte es vor mein Gesicht und augenblicklich verfärbt sich der Stein in der Mitte blau und Rivers Gesicht ist zu erkennen. Rundherum kann ich außerdem noch etwas von der Umgebung sehen. Von den vielen Pflanzen im Hintergrund ist zu schließen, dass er sich wohl in einem Gewächshaus befindet.

Er winkt mir zu. „Kannst du mich hören?" fragt er.

„Ja, alles super!" antworte ich und recke den Daumen nach oben.

„Ok, dann können wir jetzt mit dem wesentlich spannenderen Teil des Unterrichts beginnen." kündigt Richard an. Alessia, River und ich gucken ihn erwartungsvoll an. „Ich weiß, Frau Dornbusch mag das ja nicht so gerne, aber ich würde gerne ein bisschen mit euren Fähigkeiten experimentieren. Nichts Gefährliches oder so – aber einfach mal ein paar Dinge ausprobieren. In den Amuletten steckt so viel Magie und ich bin der Ansicht, dass wir sie viel zu wenig nutzen und uns die ein oder andere Chance entgehen lassen, aus dem einfachen Grund, dass wir gar nicht wissen, was mit den Amuletten alles möglich ist." Dieses Mal scheinen auch Alessia und River ausgesprochen begeistert von der Idee zu sein.

„Nun denn, dann fangen wir mal an!" Richard führt uns zu einer der Gerätschaften, von denen ich immer noch keinen blassen Schimmer habe, wozu sie gut sind.

„Am besten wir fangen mit dir an, River. Das hier ist ein Aquameter, aus dem kommt gleich Wasser rausgeschossen und ich würde dich bitten, dass du dich mal auf diese Markierung stellst." sagt er und zeigt mit dem Finger auf eine Stelle, etwa 5 Meter von dem Apparat entfernt. „Und ihr geht lieber auch ein bisschen in Deckung." richtet er sich an Alessia und mich, woraufhin wir ein paar Schritte zurückweichen, um das Geschehen aus sicherer Entfernung zu beobachten.

„Ok, dann kann es losgehen!" sagt Richard, „Halte das Wasser zu Beginn einfach in der Luft." Er drückt einen runden Knopf am Aquameter und aus der vorderen Mündung kommt ein Wasserstrahl geschossen. Mit einer lässigen Handbewegung formt River das Wasser zu einer Kugel, die nun in der Luft schwebt. Richard klatscht in die Hände. „Ok, gut gemacht! Allerdings wussten wir ja schon, dass du das kannst. Versuchen wir es also mal mit etwas Komplizierterem. Probiere doch mal, aus dem Wasser Eis zu machen."

Dies scheint nun doch etwas schwieriger zu sein. River hat die Augenbrauen leicht zusammengezogen und sein Blick ist konzentriert auf die Wasserkugel gerichtet. Langsam schließt er seine Hand zu einer Faust und ich kann beobachten, wie die Wassermoleküle in der Kugel allmählich zu klitzekleinen Eiskristallen gefrieren, bis schließlich die ganze Kugel aus Eis besteht. Begeistert klatschen wir alle Beifall. Er lässt die Hand sinken und gleichzeitig fällt auch die Kugel nach unten und zerspringt in unzählige kleine Eisscherben.

„Gut gemacht!" sagt Richard und klopft River auf die Schultern. Dann wendet er sich zu mir. „So, Amelie, wenn du einverstanden bist, würde ich auch gerne etwas mit dir probieren."

Mir ist zwar etwas mulmig zu Mute, aber trotzdem nicke ich entschlossen. „Ok, dann machen wir erst einmal eine *Test-Teleportation*. Hast du irgendeinen Raum in der Schule im Kopf, in den du teleportieren kannst?" fragt er.

„Ja, Alessia hat mir vorhin die Schule gezeigt. Ich könnte in die Cafeteria teleportieren oder ins große Gewächshaus." schlage ich vor.

„Mmmh, ich glaube Cafeteria ist zu riskant, da sitzen so gut wie immer Schüler drin, nicht dass du sie so sehr erschreckst, dass ihnen der Appetit vergeht. Versuche es lieber mit dem Gewächshaus, ich glaube, da sind zu dieser Zeit keine Kurse drin."

Ich nicke und schließe die Augen, um mir das Gewächshaus vor meinem inneren Auge vorzustellen. Ich versuche mich an jedes kleine Detail zu erinnern, an die vielen Pflanzen, die Regenwolke, die bei meiner Besichtigungstour gerade die Feuerblume gegossen hat und die warme, feuchte Luft. Kurz darauf blendet mich auch schon das lilafarbene Licht. So langsam habe ich echt den Dreh raus, ich muss nicht mal mehr viel darüber nachdenken, es passiert ganz von alleine. Um mich herum wird es plötzlich dunkel und ich fühle mich kurzzeitig so, als würde ich schwerelos sein, dann lande ich auf dem feuchten Moosboden des Gewächshauses. Wow, ich bin sogar auf beiden Beinen gelandet, ohne zu stolpern! Ich werde immer besser in der Landung! Doch lange kann ich mich nicht über mein kleines Erfolgserlebnis freuen, denn auf einmal spüre ich etwas Nasses auf mich niederprasseln. Ich bin genau unter der Regenwolken-Gießkanne gelandet! Schnellstmöglich teleportiere ich zurück ins Klassenzimmer. Richard und River schauen mich verdutzt an, wahrscheinlich sehe ich aus wie ein begossener Pudel. Alessia schlägt sich die Hand vor den Mund und unterdrückt einen Lachanfall. Zur Strafe gehe ich zu ihr und umarme sie einmal ganz kräftig, so dass sie auch nass wird. Dann müssen wir beide laut loslachen und können fast gar nicht mehr aufhören. Als wir uns endlich beruhigt haben, streckt River die Hand aus und in null-komma-nix sind wir wieder trocken.

„Ok, das Gewächshaus war also auch nicht die beste Idee." stellt Richard lachend fest. „Das sollte ja auch nur eine kleine Probe sein. Ich denke, für die nächsten Versuche reicht es, wenn du innerhalb dieses Raumes teleportierst. Dann kann dir auch nichts passieren."

„Und was genau soll ich machen?" frage ich neugierig. Insgeheim habe ich sehr wohl Lust, auszuprobieren, was mit meinem Amulett so alles möglich ist.

„Ich würde gerne herausfinden, ob du auch größere Gegenstände oder sogar Personen mitteleportieren kannst."

„Oh ja, ich nehme sogar freiwillig als Versuchsperson teil!" sagt Alessia sofort.

„Nein, nein, Alessia. Das ist viel zu gefährlich. Als erstes probieren wir es nur mit großen Gegenständen." sagt Richard bestimmend. „Wie wäre es zum Beispiel mit dem Aquameter?"

Zögernd gehe ich auf den riesigen Apparat zu. Na gut, so groß ist er nun auch nicht, wenn man das Gestell, auf dem er steht, nicht dazuzählt. Und wie genau soll ich dieses Teil an die andere Seite des Raumes teleportieren? Richard scheint meine Gedanken von der Stirn abgelesen zu haben, denn er sagt: „Versuche es doch einfach mal, indem du den Aquameter mit der Hand berührst. Vielleicht reicht das ja?"

Ich folge seinem Vorschlag, lege eine Hand an den Aquameter und schließe die Augen, um zu teleportieren. Augenblicklich blendet mich lila Licht und ich lande am anderen Ende des Raumes – jedoch ohne Aquameter.

„Das hat wohl nicht geklappt. Dann versuche es einfach nochmal und nehme ihn diesmal aber richtig in die Hand." schlägt Richard vor.

Mit beiden Händen greife ich nach dem kistenförmigen Apparat und nehme ihn in die Arme. Hui, das Ding ist ganz schön schwer! Mindestens 20 kg, würde ich schätzen. Ich atme tief durch, stelle noch einmal sicher, dass ich den Aquameter richtig festhalte und dann konzentriere ich mich wieder auf die Teleportation. Diesmal fällt es mir deutlich schwieriger, vor allem mit diesem Gewicht in den Armen. Ich merke auch, wie mein Körper langsam etwas erschöpft ist. So oft bin ich schließlich noch nie hintereinander teleportiert. Aber ich reiße mich zusammen und stelle mir vor, wie ich am anderen Ende des Raumes mit dem Aquameter in der Hand lande. Es dauert Ewigkeiten, bis das lila Licht endlich kommt. Wieder wird alles um mich herum schwarz und es fühlt sich an, als würde der Boden unter meinen Füßen ruckartig weggezogen werden. Plötzlich gibt es einen lauten Knall. Erschrocken lande ich am anderen Ende des Zimmers. Ich komme leicht ins straucheln, kann mich aber geradeso noch auf den Beinen halten. Ich blicke um mich, um herauszufinden, woher das Geräusch kam. Erst als ich dessen Ursprung entdeckt habe, fällt mir auf, dass der Aquameter in meiner Hand leichter geworden ist. Das Gerät muss wohl während der Teleportation kaputtgegangen sein, denn ich halte nur noch eine Hälfte davon in der Hand. Die andere ist an der Stelle, an der ich losteleportiert bin, zu Boden gekracht und hat somit den Lärm verursacht. Betroffen schaue ich zwischen der Hälfte in meinen Armen und der am Boden hin und her. Was habe ich falsch gemacht? Ich merke, dass mir ein wenig schwindelig wird. Vielleicht haben wir es mit dem Teleportieren heute etwas übertrieben. Oder es lag tatsächlich an dem Aquameter und ich kann keine Gegenstände mittransportieren. Ich lasse mich auf einen Stuhl, der in meiner Nähe steht, fallen. Die eine Hälfte des Aquameters habe ich immer noch in der Hand. Alessia und Richard kommen sofort zu mir gerannt.

„Geht es dir gut?" will sie wissen.

Ich nicke. „Ja, aber offensichtlich kann ich keine Gegenstände mittransportieren. Schade eigentlich."

„Das stimmt, aber es war gut, dass wir nicht Alessia als Versuchsobjekt genommen haben, sonst wäre vermutlich noch schlimmeres passiert. Ein kaputter Aquameter ist kein Problem, der ist in Windeseile wieder repariert." sagt Richard. „Ich würde sagen, dass es für heute erst einmal reicht. Ich habe euch schon genug strapaziert. Wir beenden den Unterricht heute etwas früher und ihr könnt alle nach Hause gehen."

„Schade, dass das nicht funktioniert hat." sagt Alessia, während wir auf dem Weg zur großen Wiese sind, wo wir uns mit Ruby, Runa und Raya treffen wollen. „Es wäre echt cool gewesen, wenn wir zusammen irgendwohin teleportieren könnten!"

Ich nicke. Der kleine Spaziergang durch den magischen Wald tut mir echt gut. Mittlerweile sind auch die Kopfschmerzen weg, die ich nach dem Teleportieren gespürt habe.

„Hast du eigentlich mitbekommen, dass dein Amulett ganz komisch geblinkt hat?" fragt Alessia plötzlich. Ich gucke sie fragend an.

„Ja, wirklich, als du eben teleportieren wolltest, da hat es ganz komisch geblinkt und dann bist du mit der Hälfte des Aquameters verschwunden und die andere Hälfte ist zu Boden gekracht."

„Naja, vielleicht war das Amulett einfach überlastet." schlage ich vor. Alessia zuckt mit den Schultern. Wir treten aus dem Schatten des Waldes auf die sonnenbeleuchtete Wiese. Die Vorbereitungen für die Mondlichtnacht sind in vollem Gange. Wie ich aus den Gesprächen mit Alessia mitbekommen habe, ist die Mondlichtnacht das größte Ereignis des Jahres und alle Bewohner der Stadt der Elfen freuen sich schon darauf. Wir halten Ausschau nach den Drillingen und entdecken sie am gegenüberliegenden Rand der Wiese, wo sie gerade damit beschäftigt sind, eine Girlande aufzuhängen. Ein Junge klettert gerade auf eine Leiter und hilft ihnen dabei. Moment, dieser Junge kommt mir doch irgendwie bekannt vor! Wir kommen näher und der Junge steigt wieder von der Leiter und dreht sich um, so dass ich sein Gesicht sehen kann. Ich bleibe überrascht stehen. Das ist ja Rafaël, der Aushilfskoch aus der Jugendherberge! Was macht der denn hier? Und woher weiß er von der Stadt der Elfen?

„Vielen Dank, Rafaël! Manchmal sind diese Dinger aus der Menschenwelt echt praktisch. Wie hast du es nochmal genannt?" fragt Ruby in dem Moment.

„Eine Leiter." antwortet Rafaël, dann dreht er sich um und entdeckt Alessia und mich. „Ah, hallo Cousinchen!" Er umarmt Alessia und ich kann nicht anders, als verwirrt zuzugucken.

„Das ist mein Cousin Rafaël. Er-" beginnt Alessia, wird dann jedoch von Rafaël unterbrochen, als er sagt: „Schön, dich wiederzusehen, Amelie."

„Ach, ihr kennt euch wohl bereits? Na dann muss ich euch ja nicht mehr gegenseitig vorstellen." sagt Alessia, ebenso verwundert wie ich.

Ich erwache wieder aus meiner Schockstarre. „Bist du auch ein Elf?" platzt es mir raus. Mein Gott, wo sind denn plötzlich meine guten Manieren hin? Ich hätte auch erst einmal fragen können, ob es ihm gut geht oder so was in der Art.

Rafaël nickt und streicht sich verlegen eine der braunen Locken aus dem Gesicht. „Naja, Halbelf. Genau wie Alessia. Ich bin allerdings einer der wenigen, die sich dazu entschieden haben, außerhalb der Stadt der Elfen zu wohnen. Es ist keinem verboten, in der Menschenwelt zu leben, nur normalerweise macht das keiner, weil es hier einfach viel schöner ist. Aber ich habe meine Leidenschaft fürs Backen entdeckt und bin deshalb nach Paris gezogen, damit ich dort eine Ausbildung zum Konditor machen kann. Aber zur Mondlichtnacht komme ich natürlich in meine Heimat zurück! Dieses Ereignis darf man sich auf gar keinen Fall entgehen lassen."

„Das stimmt!" sagt Alessia. „Rafaël, wir wollen jetzt zum Korallenriff gehen, willst du mitkommen?"

„Liebend gern, aber ich hab Richard schon versprochen, eine Torte für morgen zu backen. Vielleicht komme ich nachher noch nach, wenn ich mit dem Backen fertig bin." antwortet er.

156

Wir verabschieden uns und machen uns auf den Weg zum Korallenriff. Mich wundert es nicht, dass wir River dort antreffen – er scheint jede freie Minute zu nutzen, um im Meer zu schwimmen. Vermutlich würde ich dies aber auch tun, wenn ich ein Amulett mit magischen Kräften besitzen würde, das es erlaubt, so elegant wie ein Fisch durchs Meer zu tauchen. Alessia, Ruby, Runa, Raya und ich legen unseren Neptus an und können somit ebenfalls unter Wasser atmen. Ich genieße das befreiende Gefühl, durch die Wellen zu tauchen und so lange unter der Wasseroberfläche bleiben zu können, wie ich möchte. Dieser Neptus ist echt praktisch! Wir tauchen durch den Höhleneingang in das Korallenriff und ich bin wieder völlig überwältigt von der Farbenpracht der Unterwasserwelt. Fischschwärme stoben auseinander, als wir durch sie hindurchschwimmen und verschwinden zwischen leuchtenden Korallen. Ich hatte Recht gehabt, als ich heute Morgen gedacht habe, dass diese Höhle wohl ein weiterer Eingang zur Stadt der Elfen sein muss. Denn wir tauchen durch einen schmalen Felsspalt, den ich allein niemals entdeckt hätte, und befinden uns nun im richtigen Meer. Ich merke die magische Grenze ganz leicht, denn ich habe das Gefühl, dass das Wasser einen klitzekleinen Grad kälter ist und die Korallen minimal weniger bunt aussehen. Aber vielleicht bilde ich mir das auch nur ein. Wir schwimmen bis zum Meeresgrund, suchen den Boden nach Muscheln oder anderen Schätzen ab und beobachten die Meeresbewohner, die an uns vorbeischwimmen. Irgendwann geht die Sonne unter und wir tauchen auf, um uns auf einen Felsvorsprung zu setzen und den Sonnenuntergang zu beobachten. Ich mache einen tiefen Atemzug - wir müssen mindestens eine Stunde lang ununterbrochen unter Wasser gewesen sein. Wir beobachten die sachten Wellen, die nun von der untergehenden Sonne in einem warmen Gold-Orange angestrahlt werden. Plötzlich entdecke ich zwischen den Wellen einen Delfin, der auf uns zu geschwommen kommt.

„Oh schau mal, Alessia! Ist das der Delfin, den wir schon am Dienstag gesehen haben?" frage ich.

„Ja, das ist er! Er kommt mich öfter besuchen, weil ich ihn einmal verarztet habe, als seine Flosse verletzt war. Da habe ich ihn Sparkle genannt." Jetzt macht auch alles einen Sinn. Vor ein paar Tagen habe ich mich ja gewundert, warum Alessia dem Delfin einen Namen gibt, aber da wusste ich auch noch nicht, dass sie durch ihr Amulett mit Tieren sprechen kann.

Sparkle scheint ein bisschen verwirrt zu sein, dass Alessia dieses Mal nicht mit ihm redet, aber das kann sie ja ohne ihr Amulett nicht. Er macht noch einen Rückwärtssalto und taucht dann wieder elegant ins Wasser. Wir genießen den restlichen Sonnenuntergang und springen dann von der Klippe, um wieder zurück in die Stadt der Elfen zu schwimmen. Raya ist die Mutigste von uns und macht sogar einen Köpfer (obwohl die Klippe mindestens 3 Meter hoch ist). Dadurch, dass die Sonne untergegangen ist, ist der Höhleneingang diesmal deutlich schwieriger zu finden, aber schließlich gelingt es uns und wir tauchen durch das Korallenriff wieder in die Stadt der Elfen.

Kapitel 14

Heute ist es endlich soweit! Am Abend wird die Mondlichtnacht stattfinden, um die Magie der Stadt der Elfen zu erneuern. Fast alle, denen ich auf dem Weg zur großen Wiese begegne, sind bestens gelaunt. Nur Alessia wirkt heute betrübter als sonst, denn ihr Amulett wurde immer noch nicht gefunden. Und das heißt natürlich, es kann sein, dass das magische Ritual nicht funktioniert. So genau weiß das keiner, denn bis jetzt kam es in der Geschichte der Stadt der Elfen noch nicht vor, dass ein Amulett fehlte. Richard hat daher die Suchtruppen, die Gianno finden sollen, verdoppelt - bis jetzt jedoch ohne Erfolg.

Als wir in der prallen Mittagssonne zur großen Wiese laufen, wo wir noch die letzten Girlanden aufhängen und die restlichen Tische dekorieren wollen, muss ich Alessia regelrecht beruhigen. Aber ich glaube, ich wäre genauso niedergeschlagen wie Alessia, wenn das Ritual wegen mir schiefgehen würde.

Die Drillinge sind bereits da und lassen kleine Knospen aus dem Boden wachsen, so dass der Weg links und rechts von wunderschönen Blumen gesäumt ist. Solche Naturkräfte hätte ich auch gerne. Rafaël stellt währenddessen eine wunderschöne dreistöckige Torte auf einem Tisch ab. Sie hat einen Farbverlauf von weiß zu einem leichten Pastellrosa und ist mit Blattgold und Blütenblättern verziert.

„Wow, das ist ja ein echtes Meisterwerk. Das ist so eine Art von Torte, die man sich nie traut zu essen, weil sie so schön aussieht." sage ich.

„Da würdest du aber mächtig was verpassen. In der oberen Torte ist nämlich eine Nougat-Crunch-Füllung mit Himbeeren, dann kommt ein luftiger Biskuitboden mit Mandelblättchen und unten habe ich einen ganzen Büschel Wunderbeeren reingemacht, so dass es für jeden nach seinem persönlichen Lieblingsgeschmack schmeckt."

„Da läuft mir ja schon beim Zuhören das Wasser im Mund zusammen." antworte ich.

„Leider musst du dich noch bis heute Abend gedulden." sagt Rafaël mit einem Grinsen. „Aber wo du schon mal hier bist: Kannst du mir bitte mal beim Aufhängen der Girlanden helfen? Ruby hat da so ihre Probleme mit der Leiter."

Wir steigen auf die Leiter und ich halte die Girlande in Position, während Rafaël das Ende geschickt an einem Pfosten festknotet. Plötzlich lässt uns ein seltsames Geräusch von unserer Arbeit hoch schrecken. Ich erschrecke mich so sehr, dass ich fast von der Leiter falle, aber Rafaël hält mich noch rechtzeitig fest. Das Geräusch kommt aus Richtung des geheimen Tores im Felsen, das sich auf einmal öffnet und aus dem eine Gestalt tritt. Die Mittagssonne blendet mich, so dass ich vorerst nur Umrisse sehe und es dauert eine Weile, bis ich erkenne, wer diese Person ist. Wir steigen der Leiter hinunter und stellen uns zu unseren Freunden, die den Neuankömmling mittlerweile auch bemerkt haben. Doch wieso ist er hier und vor allem wie ist er hier rein gekommen? In aller Seelenruhe schlendert Gianno auf uns zu und bleibt schließlich etwa 10 Meter von uns entfernt stehen. Sein Blick gleitet über uns. Obwohl wir deutlich in der Überzahl sind, scheint ihn das nicht im Geringsten einzuschüchtern. Seine Augen bleiben an mir hängen und er grinst mich hämisch an.

„Wie schön dich wiederzusehen, Amelie." sagt er.

„Tut mir leid, aber die Freude ist ganz deinerseits." antworte ich. Erneut lächelt mich Gianno überheblich an und holt dann Alessias Amulett aus seiner Hosentasche.

Ein Raunen geht durch die Reihe. Es ist offensichtlich, dass Gianno irgendeinen Plan hat. Ansonsten würde er nicht einfach so mit Alessias Amulett hierher spaziert kommen und uns somit direkt in die Arme laufen. So dumm kann er gar nicht sein. Es steckt also noch mehr dahinter. Aber was genau hat er vor?

Die Elfen stehen alle bewegungslos da und starren auf das Amulett. Keiner weiß, was zu tun ist. Sollen wir ihn einfach überrumpeln und ihm das Amulett aus der Hand reißen? Oder ist das eine Falle? Gianno muss uns unsere Verwirrung ansehen, denn sein Grinsen wird nun noch breiter - sofern das überhaupt noch möglich ist. Er scheint diesen Triumph sehr zu genießen. Endlich hat er sein Ziel erreicht und ist in die Stadt der Elfen gekommen. Aber aus welchem Grund? Uns bleibt nichts anderes übrig als abzuwarten und ihm zuzuhören.

„Ihr fragt euch bestimmt, warum ich hier bin. Ich fasse mich kurz. Ich will euch ein Angebot machen!" Er macht eine Pause. Die Spannung in der Luft ist beinahe greifbar. Ein Angebot von Gianno? Das kann doch niemals etwas Gutes sein.

Dann redet er endlich weiter: „Wie wir alle wissen, kann das Ritual nur durchgeführt werden, wenn auch alle Amulette vollständig sind. Mein Vorschlag ist also, dass *ich* als Amulett-Träger teilnehme, so dass die Magie der Stadt der Elfen erhalten bleibt." Er schaut uns alle herausfordernd an.

Er will an Alessias Stelle das Ritual durchführen? Geht das überhaupt? Keiner der anderen sagt etwas. Es vergeht eine ganze Minute, in der wir Gianno einfach nur fassungslos anstarren. Als erstes meldet sich Rafaël zu Wort:

„Das geht nicht! Es ist Alessias Amulett, also geben Sie es ihr zurück und dann verschwinden Sie!" Feindselig starren sich die beiden an. Schnell lege ich die Hand auf Rafaëls Arm, um ihn zu beruhigen.

„Na schön, ich bin einverstanden." sagt Alessia, die bis jetzt nur ganz still war und so aussieht, als ob sie gleich anfängt zu weinen.

Verwirrt schauen wir alle zu Alessia. Das kann sie doch nicht machen! Es ist *ihr* Amulett, also muss *sie* auch am Ritual teilnehmen. Gianno grinst nun noch grässlicher als zuvor, also beschließe ich, etwas dagegen zu tun: „Nein, das geht so nicht! Dieses Amulett gehört rechtmäßig Alessia. Sie ist die einzige, die es besitzen darf und am Ritual teilnehmen darf! Gib es sofort zurück!" Die anderen nicken zustimmend oder fordern ebenfalls von Gianno, das Amulett an Alessia zurückzugeben. Doch er bewegt sich keinen Zentimeter und es sieht nicht so aus, als ob er vorhat, unseren Aufforderungen zu folgen. Er schaut nur Alessia an und wartet auf ihre Entscheidung. Zumindest da hat er Recht, es ist Alessias Amulett, also muss sie auch die Entscheidung treffen. Ich hoffe nur, sie trifft die Richtige! Wir können nicht zulassen, dass Gianno das Amulett bekommt. Alle Blicke richten sich auf Alessia. Ihre Unterlippe zittert leicht und man sieht ihr an, dass sie hin- und hergerissen ist.

„Alessia, bitte-" sagt Rafaël.

„Aber es ist unsere einzige Chance!" sagt Alessia verzweifelt. „Wenn er nicht am Ritual teilnimmt, dann kann es gar nicht stattfinden und die Magie der Stadt der Elfen geht verloren!"

„Könnt ihr jetzt endlich mal eine Entscheidung treffen? Ich hab nicht ewig Zeit!" sagt Gianno genervt.

„Gib Alessia das Amulett zurück! Sie ist die rechtmäßige Besitzerin!" sage ich mit fester Stimme.

„Na gut, ihr habt es so gewollt. Entweder ich oder gar keiner!" Mit diesen Worten rennt er los. Perplex schauen wir ihm hinterher. Man würde von ihm gar nicht denken, dass er so schnell rennen kann. Schon ist er zwischen den Bäumen verschwunden und wir können ihn nicht mehr sehen. Was um Himmels Willen hat er vor? Alessia ist die erste, die versteht, was er erreichen will: „Oh nein! Er will zu Pearl! Da er nun mein Amulett hat, kann er mit ihr reden und sie so hervorlocken! Und dann will er sie wahrscheinlich mitnehmen, denn in ihr steckt all die Magie, die die Stadt der Elfen noch zusammenhält! Und wenn er sie mit in die Menschenwelt nimmt, wird sie sterben und die ganze Magie wird in sich zusammenbrechen!" Alessia vergräbt ihr Gesicht in ihren Händen. „Hätte ich doch nur zugelassen, dass er am Ritual teilnimmt. Jetzt ist alles verloren."

„Ach, Quatsch. Noch nichts ist verloren. Wir kriegen das schon hin!" Ich versuche so viel Zuversicht in meine Stimme zu legen, wie es nur geht, auch wenn ich im Moment selbst nicht wirklich davon überzeugt bin, dass wir das noch retten können. Die Situation scheint aussichtslos. Auf einmal schaut mich Alessia an und sie sieht tatsächlich ein bisschen hoffnungsvoller aus. „Du hast Recht! Wir können Pearl noch retten!" ruft sie erfreut und springt auf. „Du musst sie retten!"

„Was? Wieso ich?" Verwirrt blicke ich Alessia an. Ruby scheint auch zu wissen, von was Alessia redet.

„Ja, Alessia hat recht! Du kannst Pearl noch retten! Wenn du zur Wasserfall-Lichtung teleportierst, dann bist du vielleicht sogar noch vor Gianno dort und kannst Pearl in Sicherheit bringen! Wir haben den Vorteil, dass Gianno hier noch nie war und die Lichtung eventuell nicht so schnell findet. Es gibt in dem Wald viele verwirrende Wege. Aber du kannst einfach direkt zu Pearl teleportieren und sie retten!" Die anderen scheinen genauso begeistert von der Idee zu sein. Nur ich habe noch meine Zweifel.

„Ich weiß nicht, wie soll ich das denn hinkriegen? Ich habe Pearl bis jetzt nur einmal gesehen, ich glaube nicht, dass sie mir einfach so vertraut und mit mir mitgeht."

„Wir haben keine andere Wahl, Amelie. Du musst es versuchen! Wenn du sie hast, teleportiere ins Schloss, da sind wir alle sicher. Und bis dahin bewachen wir alle Ausgänge, so dass Gianno nicht so leicht mit Pearl abhauen kann." sagt Rafaël. Er klopft mir noch einmal auf die Schulter und lächelt mir zu. Dann dreht er sich um und rennt zum Hauptausgang, während River in die entgegengesetzte Richtung rennt, um den unterirdischen Ausgang beim Korallenriff zu bewachen. Eine Gruppe von Elfen rennt in den Wald, um Gianno abzufangen und schon bald stehen nur noch Alessia und ich auf der Wiese. Sie kommt einen Schritt näher und umarmt mich. Es fühlt sich an, als würden wir uns schon ewig kennen, dabei sind es in Wirklichkeit erst 5 Tage. Es ist verrückt, was in dieser Zeit alles passiert ist.

„Bitte, Amelie, du musst versuchen, Pearl zu retten! Sie ist ein intelligentes Wesen und ich bin mir sicher, sie erkennt auch ohne dass du mit ihr reden kannst, dass du ihr nur helfen willst. Du bist unsere einzige Hoffnung! Ich weiß, dass du das schaffst."

Alessia hat Recht, wir haben keine Zeit mehr, uns irgendeinen anderen Plan zu überlegen. Ich atme tief ein und aus, bis ich mich wieder beruhigt habe. Das hier ist vielleicht der wichtigste Moment in meinem Leben. Es darf nichts schief gehen, sonst ist die Stadt der Elfen verloren! Und ich muss zugeben, auch wenn ich erst seit wenigen Tagen weiß, dass dieser magische Ort überhaupt existiert, fühlt er sich mittlerweile schon fast wie eine zweite Heimat an. Und ich weiß auch, dass ich nun alles geben werde, um diesen Ort zu retten. Also los, ich bin bereit!

Kapitel 15

Noch nie war ich vor einer Teleportation so aufgeregt. Immerhin würde es an mir liegen, wenn etwas schief geht und dadurch die Stadt der Elfen zerstört wird. Aber es ist sicherlich auch nicht hilfreich, sich in diesem Moment Sorgen darüber zu machen. Ich sollte mich lieber konzentrieren. Schließlich habe ich eine schwierige Aufgabe vor mir. Um nicht zu sagen, eine *fast unmögliche* Aufgabe. Wie soll es mir gelingen, mit einem mindestens 60 kg schweren Lebewesen einmal quer durch die Stadt der Elfen zu teleportieren, wenn ich es noch nicht einmal geschafft habe, den Aquameter gestern von einem Ende des Raumes in den anderen zu teleportieren, ohne dass er kaputt geht? Aber egal, für Selbstzweifel ist jetzt keine Zeit mehr. Ich schließe meine Augen und konzentriere mich so gut es geht auf die Lichtung im Wald. Alessia hat sie mir am ersten Tag gezeigt, als ich hier in der Stadt der Elfen war. Ich versuche mich an alle Details zu erinnern. Den wunderschönen Wasserfall mit dem kleinen Waldsee, in dem ein paar Seerosen schwimmen, die moosbewachsenen Steine und auch die Sträucher und Bäume, in denen sich die kleinen Gimmis verstecken. In meinem Kopf setzen sich alle Details wie bei einem gigantischen Puzzlebild zusammen, bis ich die Waldlichtung vor meinem inneren Auge so klar und deutlich sehe, als stände ich bereits dort und könnte jederzeit meinen Arm ausstrecken, um das plätschernde Wasser zu berühren. Augenblicklich werde ich von dem starken lila Licht geblendet und um mich herum wird alles schwarz. Während ich teleportiere, versuche ich weiterhin an die Waldlichtung zu denken. Diesmal dauert die Teleportation eine Weile länger. Mir wird immer schwindliger und ich frage mich, wann es endlich vorbei ist. Dann endet die Teleportation abrupt und ich lande auf allen Vieren auf dem weichen Waldboden. Kurz sehe ich alles verschwommen, aber dann erkenne ich, dass ich es tatsächlich geschafft habe und auf der Lichtung genau neben dem Wasserfall gelandet bin. Ich stehe auf und schaue mich um. Erleichtert stelle ich fest, dass Gianno noch nirgends zu sehen ist. *Oder er ist längst hier gewesen.* Aber ich verdränge diesen Gedanken und nehme mir vor, optimistisch zu bleiben. Bestimmt irrt er noch durch den Wald und sucht die Lichtung. Ich hoffe einfach mal, dass es noch eine Weile dauert und mir noch ein wenig Zeit bleibt, um Pearl zu retten. Schließlich hat er durch Alessias Amulett einen riesigen Vorteil: Er kann mit Pearl sprechen und könnte sie so davon überzeugen, mit ihm mitzugehen. Dagegen hätte ich keine Chance. Also bleibt mir nichts anderes übrig, als Pearl vor Gianno zu finden. Aber wie? Verzweifelt schaue ich mich um. Pearl ist nicht zu sehen. Allerdings erinnere ich mich daran, dass sie beim letzten Mal auch unsichtbar war. Es könnte also sein, dass sie hier irgendwo steht und ich sie nur nicht sehe. Einen Versuch ist es wert.

„Pearl? Bist du hier? Wenn du mich hörst, mache dich bitte bemerkbar! Du musst mir vertrauen, ich will dir helfen!" Ich komme mir ein bisschen dämlich dabei vor, nach einem magischen Tier zu rufen. Zumal sie mich wahrscheinlich nicht mal verstehen kann. Plötzlich raschelt hinter mir etwas. Ich drehe mich ruckartig um und sehe, wie aus einem der Büsche ein Gimmi getrippelt kommt. Mit seinen kurzen Beinchen sieht es echt lustig aus, wie er sich fortbewegt. Als er mich bemerkt, bleibt er stehen und schaut mich mit großen Augen an. Das ist meine Chance! Vielleicht kann er mir ja helfen, den Malacock zu finden. Langsam gehe ich auf ihn zu, um ihn nicht zu verschrecken. Dann gehe ich in die Hocke, um mit dem kleinen Kerl in etwa auf Augenhöhe zu sein. Die Gimmis sehen für mich immer noch wie große Pilze mit Armen und Beinen aus. Dieser hier hat eine lilafarbene Kappe mit gelben Punkten.

„Hallo, kleiner Kerl. Ich brauche dringend deine Hilfe. Ich suche Pearl, weil ich sie vor einem bösen Mann retten muss." Ich habe keine Ahnung, ob mich der Gimmi versteht. Er schaut mich aus seinen großen, runden Augen an, dann blinzelt er zweimal und verschwindet blitzschnell wieder in seinem Busch. Na toll, das hat schonmal nicht geklappt. Aber kaum bin ich wieder aufgestanden, um nach einer anderen Lösung zu suchen, wie ich Pearl finden kann, da kommen plötzlich mindestens 10 Gimmis aus dem Busch und versammeln sich in einem Halbkreis vor mir. Perplex starre ich sie an.

„Ihr wollt mir helfen?" frage ich sie.

Die Gimmis nicken der Reihen nach.

„Und wie machen wir das?"

Der größte von ihnen gibt plötzlich einen Befehl, den ich nicht verstehe und sofort verteilen sich die restlichen Gimmis auf der Waldlichtung. Dann fangen sie an, etwas zu rufen. Es ist immer wieder das gleiche Wort. Ich verstehe es nicht, aber ich bin mir sicher, dass sie gerade Pearl rufen. Eine kleine Ewigkeit vergeht und immer noch keine Spur von Pearl. Doch dann: Zwischen zwei Birken wird allmählich die majestätische Figur des Malacocks sichtbar. Wie auch beim ersten Mal bin ich total fasziniert von dem magischen Lebewesen. In aller Ruhe stolziert es auf mich zu. Die Gimmis versammeln sich wieder in einem Halbkreis um mich.

„Ich danke euch!" sage ich, „Kann ich euch noch um einen einzigen Gefallen bitten? Könnt ihr für Pearl übersetzen, was ich mit ihr vorhabe, damit sie keine Angst hat?" Ich bin mir inzwischen sicher, dass mich die Gimmis verstehen. Und tatsächlich nicken sie und der Gimmi mit der gelb gepunkteten Kappe tritt nach vorne, um mit Pearl zu reden. Als er fertig ist, schaut mich Pearl an und legt den Kopf schief. Aber zumindest geht sie nicht weg und wird auch nicht wieder unsichtbar, also nehme ich das als Zustimmung. Die Gimmis verschwinden wieder in ihren Sträuchern. Also gut, dann ist es nun so weit. Ich gehe auf Pearl zu und überlege, wie sie wohl am besten mit mir teleportieren kann. Ich kann sie unmöglich hochheben, dafür ist sie viel zu groß und zu schwer. Also wie soll das gehen? Wir könnten einfach zusammen zum Palast laufen, aber dann besteht die Gefahr, dass wir Gianno direkt in die Arme laufen. Und ich glaube, Pearl ist nicht schnell genug. Pearl legt den Kopf schief und schaut mich beleidigt an. Hat sie etwa verstanden, was ich gedacht habe?

„Entschuldigung, ich wollte dich nicht beleidigen." sage ich schnell.

Ich verzeihe dir.

Erschrocken mache ich einen Schritt zurück. War das tatsächlich Pearls Stimme, die ich da gerade in meinem Kopf gehört habe?

„Kannst du etwa Gedanken lesen?"

Diesmal antwortet Pearl nicht, aber ich habe trotzdem das Gefühl, dass ihre Augen mich leicht belustigt anschauen.

Plötzlich höre ich hinter uns schwere Schritte und kurz darauf bricht Gianno aus dem Unterholz. Schwer schnaufend bleibt er am anderen Ende der Lichtung stehen und stützt sich mit den Händen auf den Knien ab. Um seinen Hals baumelt das rosafarbene Amulett von Alessia. Ein fieses Grinsen erscheint auf seinem Gesicht, als er Pearl und mich erblickt.

„Wie ich sehe, habt ihr meinen Plan durchschaut. Aber na gut, sei's drum. Wenigstens kann ich mir so sparen, den Malacock zu suchen. Das hast du ja bereits für mich übernommen, Amelie."

Ich antworte ihm nicht. Dafür darf ich meine Zeit nicht verschwenden. Denn wir müssen schnellstens hier weg! Ich überlege fieberhaft, wie ich das nun anstellen soll, Pearl mit mir zu teleportieren. Im Augenwinkel sehe ich Gianno auf uns zukommen. Mist, in höchstens 10 Sekunden wird er bei uns sein. Mir bleibt also nicht viel Zeit zum Nachdenken. Wäre da nur bloß meine doofe Entscheidungsphobie nicht! Die ganze Verantwortung der Stadt der Elfen lastet auf mir. Wenn Pearl nicht heil im Palast ankommt, ist alles verloren! Und schließlich habe ich es ja gestern nicht einmal hinbekommen, den Aquameter sicher zu tele-portieren. Aber auf der anderen Seite will ich natürlich auf keinen Fall, dass Pearl in die Hände von Gianno gelangt. Ich fühle mich verzweifelt. Was, wenn ich die falsche Entscheidung treffe? Wenn ich einen Fehler mache und es hinterher bereue? Meine Kehle schnürt sich zu und ich werde unruhig. Ich habe nicht mehr viel Zeit! *Du musst jetzt endlich diese blöde Entscheidungsphobie in den Griff bekommen und etwas tun!* sage ich zu mir selbst.

Gianno kommt immer näher und ist fast bei uns. Seine Augen sind gierig auf Pearl gerichtet, so als ob ich gar nicht mehr da wäre und er schon längst gewonnen hätte. Aber so ist es nicht. Ich bin noch da. Mit einem letzten Blick auf Gianno drehe ich mich zu Pearl um. Ich habe meine Entscheidung getroffen. Ich werde die Stadt der Elfen retten.

So gut ich kann, konzentriere ich mich auf den Ort, an den ich teleportieren will. Den Palast. Ich stelle mir auch vor, wie Alessia und alle anderen dort auf mich warten und erleichtert sind, sobald ich mit Pearl zusammen dort sicher ankomme. Ich werde das schaffen! Das hier ist die richtige Entscheidung, das spüre ich. Mit einer Hand greife ich nach Pearl. Es wundert mich nicht, dass sie scheinbar weiß, was ich nun vorhabe, denn sie beugt sich nach vorne und berührt mit ihrem Schnabel mein Amulett. Das Amulett fängt an zu leuchten. So stark und hell, dass es mich beinahe umhaut. Im Augenwinkel sehe ich, wie Gianno die letzten Meter auf uns zu gerannt kommt. Mein Amulett leuchtet immer heller und mir wird schwindelig. Im letzten Moment streckt Gianno die Hand aus und reißt mir mit einem Ruck das Amulett vom Hals. *Nein!* Erschrocken schaue ich auf mein Amulett, das mittlerweile so stark leuchtet, dass die ganze Lichtung von einem leichten Schimmer erfüllt ist. Und dann ist Gianno plötzlich ver-schwunden. Verwundert blicke ich auf die Stelle, wo er vor einer Sekunde noch gestanden hat. Anscheinend hat er mir das Amulett ganz kurz vor meiner Teleportation weggenommen, so dass er nun selbst teleportiert ist. *Oh Mist, jetzt hat er zwei Amulette gestohlen!* Verzweifelt blicke ich mich um. Mein einziger Trostpreis ist, dass es ihm wenigstens nicht gelungen ist, Pearl mitzunehmen.

Plötzlich höre ich einen dumpfen Aufschlag. Ich wirbele einmal um die eigene Achse und sehe Gianno, der am anderen Ende der Lichtung auf dem Boden liegt. Um seinen Hals baumelt immer noch Alessias Amulett und in der rechten Faust hält er mein leuchtendes Amulett. Offenbar ist es ihm nicht gelungen zu teleportieren. Ohne zu zögern renne ich zu ihm und reiße ihm mein Amulett und auch das von Alessia aus der Hand. Dann renne ich wieder zurück zu Pearl. Hinter mir höre ich, wie Gianno schnaufend aufsteht und mir hinterherrennt. Allerdings ist er nun viel langsamer, denn die Teleportation hat ihn erschöpft. Doch in seinen Augen sehe ich immer noch die feste Entschlossenheit, sein Ziel zu erreichen. Ich bin bei Pearl angekommen und lege mir mit zitternden Händen mein Amulett um den Hals. *Ok, Zeit für einen zweiten Versuch.* Diesmal fällt es mir noch schwerer, mich auf die Teleportation zu konzentrieren. So oft wie heute bin ich noch nie teleportiert. Mein Amulett fängt wieder an zu leuchten und Pearl berührt mit ihrem Schnabel den glitzernden Edelstein. *Das muss die Lösung sein*, denke ich, *wenn man noch jemanden mitteleportieren will, muss er das Amulett berühren!* Ich lächele Pearl dankbar an, denn alleine wäre ich niemals auf diese Idee gekommen. Plötzlich bemerke ich, dass auch die Edelsteine auf Pearls Körper angefangen haben, zu leuchten. Ich spüre wie eine große Welle Magie über mich hinwegrollt und mir neue Kraft für die bevorstehende Teleportation schenkt. Nun fühle ich mich bereit. Ich schließe die Augen und denke mit aller Kraft an den Palast. Das Leuchten wird noch stärker und schließlich merke ich, wie sich meine Füße vom Boden lösen und die Teleportation beginnt.

Das Licht der Kronleuchter blendet mich, als ich die Augen aufmache. Hektisch schaue ich mich um. Und tatsächlich: Wir befinden uns ganz eindeutig im Palast. Erleichtert streiche ich Pearl über die schimmernden Federn. *Wir haben es geschafft. Wir sind in Sicherheit,* versuche ich ihr über meine Gedanken zu vermitteln. Pearl legt den Kopf schief und schaut mich aus ihren intelligenten Augen an. Freudig stelle ich fest, dass sich auch Alessias Amulett noch in meiner linken Hand befindet und anscheinend unversehrt ist. Ich atme einmal tief durch. Ich habe es wirklich geschafft! Die Stadt der Elfen ist gerettet!

Epilog

Nervös wickele ich eine verirrte Haarsträhne um meinen Finger. Die restlichen Haare hat mir meine Mutter zu einem eleganten Dutt hochgesteckt. Während wir zur großen Wiese laufen, muss ich mein Kleid anheben, damit es nicht dreckig wird. Neben mir läuft Alessia und lächelt mich aufmunternd an. Sie sieht wunderschön aus, in ihrem rosafarbigen Kleid und den dunkelbraunen Haaren, die ihr in Locken über die Schultern fallen. Aber am schönsten ist es, dass sie endlich wieder glücklich ist, seitdem sie vorhin ihr Amulett zurückbekommen hat. Mittlerweile ist fast ein halber Tag vergangen, seit ich Pearl gerettet habe und wir in den königlichen Palast teleportiert sind. Die Wachen haben Gianno im Wald gefunden und ihn wieder zurück in die Menschenwelt gebracht. Richard ist sich noch nicht sicher, was nun mit ihm geschehen soll. Im Moment ist er mit einem Verwirrungszauber belegt, damit er sich nicht mehr an das Geschehene erinnert und das Geheimnis der Stadt der Elfen nicht weitererzählen kann. Aber wir können sein Gedächtnis auch nicht ganz löschen. Das wäre nicht fair. Allerdings verstehe ich auch Richards Sorge, denn so wie ich Gianno kenne, wird er weiterhin nach einer Möglichkeit suchen, in die Stadt der Elfen zu gelangen und so lange weitermachen, bis er sein Ziel erreicht hat. Aber zumindest in der nächsten Zeit werden wir etwas Ruhe haben. Die übrigen Hinweise, die meine Mutter und Ophelia in Côte de la Lune versteckt hatten, sind übrigens auch vernichtet worden. Es ist einfach zu gefährlich und wir wollen nicht riskieren, dass noch einmal jemand aus Versehen etwas über die Stadt der Elfen herausfindet.

Nach meiner anstrengenden Teleportation musste ich mich erst einmal ausruhen, bevor Alessia kam und mich zu einer Schneiderin geschleppt hat, die uns ein paar Kleider für den heutigen Abend ausleihen sollte. Und nun sind wir auf dem Weg zur Mondlichtnacht, dem wichtigsten Abend des Jahres. Alessia wollte zwar unbedingt, dass wir zusammen dorthin teleportieren - jetzt da wir durch Pearls Hilfe herausgefunden haben, wie das geht - aber ich konnte sie letztendlich überzeugen, dass ich heute schon genug teleportiert bin. Und ehrlich gesagt, genieße ich es wirklich, mal auf normalem Wege zu unserem Ziel zu gelangen. Teleportieren ist zwar echt cool, aber auch ziemlich anstrengend.

Auf der Hälfte der Strecke stoßen wir auf Rafaël, der einen schicken Anzug trägt, und die Drillinge Ruby, Raya und Runa. Ruby hat ihre langen Haare zu einem Zopf geflochten und dreht sich nun um ihre eigene Achse, damit wir ihr silbernes Kleid bewundern können. Es steht ihr wirklich ausgesprochen gut und betont ihre zierliche Figur perfekt. Raya dagegen hat ein dunkles, enganliegendes Kleid an, das zu ihren schwarzen Haaren und auch zu ihrer eher düsteren Ausstrahlung passt. Somit ist sie so ziemlich genau das Gegenteil von ihrer Schwester Runa, die wie immer schüchtern lächelt und nicht gerne im Zentrum der Aufmerksamkeit steht. Aber auch sie sieht atemberaubend schön aus in ihrem schlichten türkisfarbenen Kleid.

„Guten Abend, die Damen!" sagt Rafaël und deutet eine kleine Verbeugung an. Verlegen schaue ich an mir selbst und an dem lilafarbenen Kleid herab, das mir die Schneiderin empfohlen hat. Es ist Tradition, dass jeder Amulett-Träger zur Mondlichtnacht die Farbe seines Amuletts trägt. Das Kleid ist schulterfrei, so dass mein Amulett gut zur Geltung kommt. Tatsächlich habe ich mich fast nicht wiedererkannt, als ich das erste Mal in den Spiegel geguckt habe. Aber auch wenn ich normalerweise lieber Jeans und T-Shirt trage, muss ich zugeben, dass mir dieses Kleid echt gefällt. Ich bin mir sicher, es liegt auch irgendein Elfenzauber auf dem Kleid, denn es passt mir wie angegossen und der Stoff liegt leicht wie eine Feder auf meiner Haut und funkelt mit meinem Amulett um die Wette. Während wir weiter durch den Wald gehen, fliegen ein paar Feen an uns vorbei und folgen uns auf dem Weg zur großen Wiese. Schon bald hören wir das fröhliche Gequatsche der Elfen und der anderen magischen Wesen, die heute zum Fest gekommen sind. Als wir auf die Wiese treten, bleibe ich stehen und brauche erst einmal einen Moment, um alles in mich aufzunehmen. Über der Wiese schweben bunte Lampions und die Feen flitzen so schnell durch die Luft, dass sie aussehen wie kleine Glühwürmchen. Die ganze Szene wird erleuchtet von der untergehenden Sonne, die alles in ein magisches Licht taucht. Gemeinsam setzen wir uns an einen der langen Tische, auf denen bereits das Essen aufbereitet ist. Ich kann mich gar nicht satt sehen, an der Dekoration und den vielen magischen Wesen, die hier überall herumstehen. Vom anderen Ende der Wiese laufen plötzlich Gimmis auf uns zu. Unter ihnen erkenne ich sogar den kleinen Gimmi mit der gelb gepunkteten Kappe, der mir heute Morgen geholfen hat. Nun setzen sich auch die anderen Gäste und schauen den Gimmis zu, wie sie auf eine provisorisch gebaute Bühne steigen, auf der Richard nachher eine Rede halten wird und auf der auch das Ritual stattfinden wird. Alessia beugt sich nach vorne und flüstert mir ins Ohr: „Es ist Tradition, dass die Gimmis mit ihrem Gesang den Abend eröffnen. Du wirst überrascht sein, sie sind wirklich gut! Ihr Chor ist in der gesamten magischen Welt bekannt."

Gespannt blicke ich zur Bühne, wo die Gimmis sich mit ein paar letzten Gesangsübungen vorbereiten. Ein großer, knubbeliger Gimmi tritt vor. Er scheint der Dirigent oder irgendetwas in der Art zu sein. Und dann fangen sie an zu singen. Und zwar völlig anders, als ich es mir vorgestellt habe. Ich verstehe kein Wort von der Sprache, die sie da sprechen, aber es hört sich wirklich zauberhaft an. Anders, als ich bei ihren kleinen Körpern vermutet hätte, singen sie nicht hoch, sondern sehr tief. Ich muss mich zusammenreißen, um nicht zu kichern, aber es sieht einfach zu absurd aus: Die kleinen Gimmis, die für mich als Mensch ein bisschen wie zu groß geratene Pilze aussehen, und lauthals eine Oper in Bass-Stimmlage singen. Als das Lied zu Ende ist, klatschen wir alle Beifall. Die Gimmis verbeugen sich, so dass ihre Kappen beinahe den Boden berühren und steigen dann der Reihe nach wieder von der Tribüne. Als der Applaus vorbei ist, besteigt Richard die Bühne. Auch er hat ein festliches Gewand an, das wie immer weiß ist, aber diesmal hat es feine goldene Verzierungen an den Ärmeln.

„Meine sehr verehrten Gäste des magischen Reiches, herzlich willkommen zur Mondlichtnacht, dem wichtigsten Ereignis der Stadt der Elfen. Auch wenn es dieses Jahr die ein oder andere Hürde in der Vorbereitung gab, bin ich dennoch froh, dass wir nun alle zusammengekommen sind und die Mondlichtnacht heute Abend erneut stattfinden kann, um die Magie der Stadt der Elfen zu erneuern. Dies verdanken wir nicht zuletzt der jungen Dame, die erst seit ein paar Tagen zu unserem Volk dazu gehört." Richard zwinkert mir zu und ich merke, wie meine Wangen rot werden, als sich einige Gäste umdrehen und mir verstohlene Blicke zuwerfen. Auch wenn es nur wenige Stunden sind, seitdem Gianno gefasst wurde, hat sich die Geschichte bereits in der ganzen Stadt der Elfen verbreitet. Richard fährt mit seiner kurzen Ansprache fort: „Das Ritual wird wie immer kurz vor Mitternacht stattfinden und bis dahin lade ich Sie rechtherzlich dazu ein, es sich gemütlich zu machen und den Abend zu genießen! Die Tanzfläche ist eröffnet!" Augenblicklich fängt ein Orchester an zu spielen. Die Musik klingt etwas befremdlich, aber schon bald habe ich mich an sie gewöhnt und die Klänge schwirren durch die warme Sommernacht. Über uns funkeln die ersten Sterne. Ich lasse meinen Blick über die Gäste schweifen und entdecke meine Mutter, die zusammen mit Frau Aries zu uns kommt. Ich winke ihnen zu.

„Frau Aries, Sie sehen wirklich fantastisch aus in ihrem Kleid."

„Dankeschön, Amelie. Aber du kannst mich gerne mit meinem Vornamen ansprechen, während wir hier sind." Sie setzt sich neben mich auf die Bank und meine Mutter nimmt neben Rafaël Platz.

„Und, wie war dein erstes Wochenende hier in der Stadt der Elfen?" fragt mich Ophelia.

„Unbeschreiblich." Ich mache eine ausschweifende Armbewegung. „Ich kann nicht glauben, dass ich vor einer Woche noch nicht einmal wusste, dass so ein magischer Ort existiert. Es ist alles so wunderschön hier."

Ophelia lacht. „Ja, ich war genauso fasziniert wie du, als ich das erste Mal hier war. Aber warte nur ab, die Mondlichtnacht ist wirklich am allerschönsten."

Wir bedienen uns am Buffet und ich genieße das leckere Essen. Als Nachtisch nehme ich natürlich auch ein großes Stück von Rafaëls Torte, die wirklich fantastisch schmeckt. Je später es wird, desto voller wird auch die Tanzfläche. Und plötzlich steht Rafaël vor mir und reicht mir seine Hand.

„Würdest du mit mir tanzen?"

Ich nicke stumm und lege meine Hand in seine. Er lächelt und zieht mich dann auf die Tanzfläche. Wir mischen uns unter die anderen Tanzpaare und Rafaël legt mir seinen Arm um die Taille.

„Du hast gerade eben so besorgt gewirkt." Es ist keine Frage, sondern eine Feststellung. Er zieht eine Augenbraue in die Höhe und schaut mich mit seinen haselnussbraunen Augen durchdringend an. Ich wende den Blick ab und betrachte die anderen Tanzpaare um uns herum.

„Es ist nur so..." beginne ich langsam. „Ich habe immer noch Angst, bei dem Ritual irgendetwas falsch zu machen. Ich habe mein Amulett schließlich erst seit ein paar Tagen und ich kann noch gar nicht richtig mit meinen Kräften umgehen und..."

„Stopp!" unterbricht mich Rafaël. „Ich weiß nicht, ob du dich daran erinnerst, aber du bist heute Morgen quer durch die ganze Stadt der Elfen teleportiert und hast das Amulett meiner Cousine zurückgeholt und jetzt willst du mir sagen, dass du noch nicht mit deinen magischen Fähigkeiten umgehen kannst?"

„Naja... also eigentlich hab ich ihr Amulett ja gar nicht-"

Rafaël schaut mich mit zusammengekniffenen Augenbrauen an. Ich seufze. „Ok, ok. Ich hab's ja verstanden, ich bekomme das schon irgendwie hin." Er nickt zufrieden und wirbelt mich dann einmal um sich herum. Weil ich gar nicht damit gerechnet habe, stolpere ich fast, aber Rafaël hält mich fest und führt mich sicher in die nächsten Tanzschritte. „Du kannst echt gut tanzen, wo hast du das gelernt?" frage ich.

Er zuckt bloß mit den Schultern und wir tanzen weiter zu der seltsam vertrauten Musik unter einem sternenklaren Nachthimmel.

Eine kleine Ewigkeit später tritt Richard wieder auf die Bühne. Die Tanzfläche leert sich und die Leute schauen gespannt zu Richard und warten auf seine Worte. Meine Füße schmerzen ein wenig vom Tanzen mit Rafaël, aber trotzdem bin ich so glücklich, dass mich nicht mal der Gedanke abschrecken kann, dass das Ritual nun gleich beginnen wird. Ich schaue in den Himmel über mir. Es sieht sehr seltsam aber auch sehr besonders aus. Denn der magische Himmel, der sonst über der Stadt der Elfen liegt, ist an einigen Stellen „eingerissen". Es sieht aus, wie ein riesiger Flickenteppich, abwechselnd mit einem Stück vom magischen Himmel und dann wieder ein Stück vom echten Himmel, der durchscheint. Rafaël hat mir erklärt, dass dies das Phänomen der Mondlichtnacht ist. Die magische Schutzhülle der Stadt der Elfen ist kurz vor dem Ritual so schwach, dass sie an manchen Stellen sogar aufbricht. Durch einen Riss im magischen Himmel kann ich den echten Mond sehen. Die dünne Mondsichel leuchtet hell auf die Erde hinab, bis sich eine kleine Wolke davorschiebt. Ich richte den Blick wieder auf die Bühne. Ein paar kräftige Elfenmänner tragen die große Perle, die River und ich gestern aus dem Korallenriff geholt haben, in die Mitte der Bühne und legen sie auf einer Vorrichtung ab. Die Elfen nicken

Richard mit feierlichem Gesichtsausdruck zu. Im Augenwinkel sehe ich, wie meine Mutter, Ophelia, River, Alessia und ihr Vater Florin synchron aufstehen. Ach ja, das Nicken der Männer ist unser vereinbartes Signal gewesen. Hastig stehe ich auch auf und gemeinsam gehen wir zur Bühne. Wie gebannt starre ich die weiße Perle an. Sie scheint heller zu strahlen als die ganzen bunten Lampions über der Wiese zusammen, ja sogar heller als der Mond, der nun wieder sichtbar ist. Aber ich habe keine Ahnung, wo das Licht herkommt. Jedenfalls sind keine Scheinwerfer auf die Perle gerichtet. Das Licht scheint aus der Perle selbst zu kommen. Ich schaue in die Zuschauermenge. Ein bunter Mischmasch aus Elfen, Feen, Gimmis und anderen magischen Wesen, die ich nicht benennen kann. Alle schauen mit erwartungsvollen Blicken auf die Bühne. Mir wird ein wenig mulmig, aber ich glaube, es ist auch etwas Vorfreude darunter. Rafaël, der als einziger an unserem Tisch sitzen geblieben ist, lächelt mir aufmunternd zu. Ich lächele zurück. Die anderen Amulett-Träger stellen sich in einem Halbkreis um die Perle und ich tue es ihnen gleich. Links neben mir steht Alessia und auf meiner anderen Seite befindet sich meine Mutter, die mich liebevoll anschaut. Ich atme einmal tief durch und versuche, den Moment zu genießen.

„Magia civitatis dryadalum renovari et novo splendore relucere." sagt Richard. Dann strecken wir alle gleichzeitig unsere Hand aus und berühren mit unseren Fingerspitzen die Perle. Ringsherum fangen die Amulette an zu leuchten. Eins nach dem anderen. Erst das Silberne von Richard, dann das Ozeanblaue von River, das Orangene mit den hellen Sprenkeln von Ophelia, das Grüne von Florin, das glitzernde

rosafarbene Amulett von Alessia, das Goldene meiner Mutter und schließlich meins, in einem wunderschönen Lila. Jedes von ihnen sieht einzigartig aus. Und dann verfärbt sich plötzlich auch die Perle und statt dem leuchtenden Weiß erstrahlt sie nun in einem bunten Farbstrudel, mit allen Farben des Regenbogens. Die Farben vermischen sich und bilden jede klitzekleine Farbnuance, die es gibt. Während ich dem Schauspiel fasziniert folge, steigen wunderschöne Magiefäden von der Perle, wie kleine Regenbögen zum Himmel und schließen die Lücken, bis der magische Himmel wieder zusammengeflickt ist. Die Magiefäden tänzeln in alle Richtungen durch die warme Nachtluft und die Luft fühlt sich wie elektrisiert an. Man spürt förmlich die Energie der Magie durch die Luft vibrieren. Mit einem Finger versuche ich, einen Magiefaden zu berühren. Er schwirrt durch mich hindurch und hinterlässt ein leichtes Kitzeln auf meiner Haut. In dem Moment geht ein Raunen durch die Menge und alle starren wie gebannt zum Himmel. Die Magiefäden haben sich am Zenit gesammelt und sehen aus wie wunderschöne Polarlichter.

Langsam lösen sie sich auf und winzige Glitzerpartikel regnen auf uns herab. Und dann passiert das Magischste, was ich je gesehen habe. Die Partikel sammeln sich in der Luft, schweben etwa einen Meter über der magischen Perle und setzen sich zu einem neuen Gegenstand zusammen. Ich lasse meinen Blick über die anwesenden Gäste gleiten und kann an ihren Gesichtern ablesen, dass gerade etwas sehr Außergewöhnliches geschieht. Selbst Richard ist überrascht und schaut ungläubig dabei zu, wie sich ein neues Amulett direkt vor unseren Augen formt. Die Glitzerpartikel werden größer, strahlender und schließlich verbinden sie sich miteinander, so dass die Magie im Inneren des Amuletts festgehalten wird. Langsam erlischt das Glühen und das Amulett schwebt elegant gen Boden. Erschrocken stelle ich fest, dass es genau auf mich zuhält. Zögerlich strecke ich meine Hand aus und umschließe das Amulett. Es ist noch warm und ich spüre ganz deutlich die Magie darin pulsieren. Der Stein in der Mitte ist weiß. Doch wenn ich das Amulett leicht wende, dann spiegelt sich der magische Himmel der Stadt der Elfen darin und lässt das Amulett in den schillerndsten Farben erleuchten. Auf dem Amulett erscheint das Gesicht eines unbekannten Jungen, der ungefähr in meinem Alter ist.

„Amelie, ich glaube, du wurdest dazu auserwählt, das Amulett seinem Träger zu übergeben." sagt Richard.